壊滅騎士団と捕らわれの乙女４

伊 月 十 和
T O W A I T S U K I

一迅社文庫アイリス

CONTENTS

第一章　私、花嫁修業中です！　8
第二章　私、皇太后様に会いに行きます！　35
第三章　私、課題に挑みますとも！　68
第四章　私、暗殺なんて企んでいません！　109
第五章　私、監禁生活なんてうんざりです！　155
第六章　私、脱出なんて慣れたもの……です！　212
第七章　私、遂にそのときです！　262
あとがき　284

フィーリア
田舎貴族の楽天的な少女。凝った髪型をするのが大好き。駆け落ちした姉を捜しに王都へ来て、幼馴染みのヴィンセントと再会。現在、ヴィンセントと婚約中。
ヴィンセント
フィーリアの幼馴染み。国王の庶子。四年前に正式に第三王子として迎えられ、黒十字騎士団団長に就任。敵を徹底的に叩きのめすやり口から市民に恐れられ、暗黒王子とも呼ばれている。
壊滅騎士団と捕らわれの乙女 4
The Destruction Knights and the Captured Maiden.

Character Profile
キャラクター紹介

クロッシア
フィーリアの従者でお目付け役。
建築物が大好きすぎてフィーリアを放置しがち。

ロク
黒十字騎士団副団長でヴィンセントの直属の部下。
常識人のため、いろいろな後始末をしている苦労人

デュアン
見た目は物静かな青年だが、実はトニトルスの聖槍に所属する殺し屋。
ヴィンセントに心酔している。

アーベル
第二王子でヴィンセントの腹違いの兄
女好きで放浪癖があり、ヴィンセントを異常に恐れている。

Word 用語説明

壊滅騎士団… ヴィンセントが団長を務める黒十字騎士団の別称。敵を完膚なきまでに叩き潰し、彼らが通った後には何も残らないと言われるほど苛烈に戦ったことでつけられた。

プロイラ王国… 大陸の南に位置する王国。
工業と農業が盛んで、二年前まで隣国と戦争をしていた。黒十字騎士団の活躍により戦争は終結し、現在は平和を取り戻している。

フェリング… 皇太后が住んでいる港町。プロイラ王国で最も古い街のひとつで、保養地として有名。

トニトルスの聖槍… プロイラ王国に三百年前からあるという秘密組織。その実態は一切不明。

イラストレーション◆Ciel

The Destruction Knights and The [illegible] [illegible] d m ide [illegible] 4th

第一章　私、花嫁修業中です！

明日《あす》の午後までに、なんとしてもこの詩を暗唱しなければならなかった。

「君を想《おも》い、春の草原を歩き、道端に咲く鮮やかな紅い花に出会う。君の唇のような麗しい花弁に、僕は目を奪われて……って！　ああっ、もう！　どうしてこんな長ったらしい詩を書くの？　簡潔に三行にまとめればいいのに！　春に野原を歩いていたら花を見つけたよ、綺麗《きれい》だね。でいいじゃない」

　それは詩ではない、ただの感想である。

　貴族の娘たちが集まるお茶会で、暗唱した詩を披露することになっていた。しかし、それがまるで覚えられないのだ。

　フィーリアはプロイラ王国第三王子の婚約者となったのだ。気位の高い王宮貴族たちとも、それなりにお付き合いをしなければならない。そのためにお茶会に参加するのだった。

　とにかく集中しなければ、と、フィーリアは机に肘《ひじ》をつき頭を両手で覆い、本にじっと目を落としてぶつぶつと詩を詠み上げ続けた。

よし、やっとなんとか半分は覚えた、と思ったところで、がらりと場面が変わった。

ここは……王宮の中庭にある東屋の前だった。むせかえるような花の香りが漂い、フィーリアの周囲をかわいらしく着飾った娘たちが取り巻いている。そんな中にあってフィーリアは飾り気のない部屋着のままで……即座にこの場から逃げたくなった。

ふんわりとした色とりどりのドレスに囲まれて立たされ、娘たちに期待に満ちた瞳《ひとみ》で見上げられている。

「さあ、早く聞かせてくださいな」

おっとりと微笑《ほほえ》まれて、そっと催促するように手を差し出された。

「あっ、えっと」

額に手を置いて、必死に暗唱した詩を思い出そうとする。確か出だしは……。

(まずい……全く思い出せない)

半分は覚えたはずなのに、詩の一節すら忘却の彼方《かなた》だ。

「あ……えっと……そのぅ……」

娘たちの不思議そうな瞳がフィーリアに注がれ、彼女たちの間でこそこそ話が始まる。

「まさか……覚えてこなかったのかしら？」

「そんなまさか……覚えられないなんてことはないものね」

「……王子の花嫁になるのだから臣下の娘たちに構っている暇はないと、私たちを愚弄《ぐろう》しているのかしら……」

「私たちのお茶会なんて、つまらないものにお誘いして悪かったかしら？」

悪意に満ちた声が、緊張でがくがくになったフィーリアの体に突き刺さる。

「違いますっ！　半分までは……半分までは覚えたはずなんです！」

そう叫んだところで周囲の風景も声もざっとかき消えた。

瞬《まばた》きを繰り返してから目を凝らすと、見覚えのある天井が薄闇《うすやみ》の向こうにあった。遠くからはフクロウの声、木々を揺らす風の音、鈴のように澄んだ虫の音が響く。

フィーリアは体を起こして、改めて周囲の様子を確かめた。薄闇の中に静かに佇《たたず》むまだ馴染《なじ》みの薄い書架に箪笥《たんす》に机、ベッドの横にある細長い窓からは月明かりが漏れてきている。

「……なんだ、夢か」

夢であることを確認するように独りごちて、肩が上下するほど大きくため息を吐き出す。自分の声ががらんとした部屋に虚《むな》しく響き渡った。

そうだ、お茶会は明日ではない……来週の予定ではないか。

詩はまだ半分も覚えていないけれど、きっと大丈夫。いざとなったら背後にクロッシアを仕込んでこっそり教えてもらえばいい。彼は記憶力がいいので、あんな短い詩だったら一度読んだだけですっかり覚えてしまうだろう。

そんなことを考えていないで早く寝よう、明日はピアノの練習があるのだからと掛布を肩の辺りまで引っ張り上げようとしたところで、不穏な者の存在に気付いた。

「……婚約者様、どうしてこんなところにいらっしゃるのですか？　お屋敷に戻られたのではなかったのですか？」

この状況に驚かなくなっている自分を誉めてあげたい、と思いつつ嫌みを込めてできるだけ丁寧に聞いた。

「……王宮の警備は思ったよりも手薄だ。夜陰に紛れて簡単にここまで忍び込めた」

ヴィンセントはフィーリアのベッドに片肘をついて頭を支えた体勢で横たわり、じっと観察するような目つきでフィーリアを見つめていた。

ここはヴィンセントの屋敷ではなく王宮の南翼棟の一室だった。

フィーリアはヴィンセントの婚約者として、彼の母親であるマリアンヌに付いて花嫁修業をするという理由で一時王宮に身を置いている。マリアンヌの居室のすぐ側《そば》に部屋を用意してもらい、ここで暮らすようになってから五日が経《た》つ。

ああ、やっとヴィンセントの束縛から解放されると心が弾んだが、彼はなにかと理由をつけて王宮へやって来る。今日《きょう》も……日にちが変わっただろうから昨日《きのう》も、夕方近くまで王宮に留《とど》まり続けていた。彼は第三王子であり、つい先頃《さきごろ》軍務長官となったので王宮内でやらなければならない仕事があって当然だし、いっそ王宮内に住んでもいいくらいなのだが、今のところ王都内にある屋敷から通って来ている。

「ヴィンセントは王子なんだから、忍び込むなんてことせずに堂々と正面から来ればいいでしょう？」

「王宮では深夜にどのような警備体制を敷いているのか確かめようと侵入してみたのだ。これほどやすやすと入り込めるなどと由々しき事態だ。明日にでも王宮の警備計画を見直さなければなるまいな」

「それはヴィンセントが特別なんだと思うけれど……普通だったら衛兵に咎《とが》められてとっ捕まっているわよ。しかも気配なく人の横に寝ているなんて！」

「まあ、それもあるが」

それもある、ではなく、自分がどれだけ優れた能力を持っているのか自覚して欲しい。王宮内は数歩歩けば衛兵に出くわすほどの警備体制だ。フィーリアは王宮内で顔を知られていないせいか、適当に歩き回っているとすぐに衛兵に見咎められて話を聞かれてしまう。

「ところで、半分だけ、とはなんだ？」

「は？」

唐突な話題変更に戸惑ってしまう。

半分ってなんだっけ？　としばし考えて夢のことだとやっと思いついた。

「もしかして、私の寝言を聞いていたの？」

「聞きたくなくても聞こえたんだから仕方がないだろう。それで、なんのことだ？」

詰問するような低い声で尋ねられ、フィーリアはあまり気が進まなかったが夢の内容を説明した。

少しだけ、花嫁修業の苦労を分かってもらいたいという気持ちもあった。が、彼はそんな察しの良い人ではなかった。

「詩の暗唱なんて、夢でうなされるほどの重圧か？　なにをそんなに思い悩んでいる？」

どうせできる人にはできない人の気持ちなんて分からないんだ。頑《かたく》なな思いに襲われ、やっぱり話さなければ良かったとすぐに後悔した。

「あー……うん。そうよね。おやすみ」

フィーリアはヴィンセントに背中を向けて体を横たえた。これ以上ヴィンセントと話して腹立たしい思いになったら、目が冴《さ》えて眠れなくなる。

「おい。婚約者がせっかく部屋を訪ねて来たというのに、寝る奴《やつ》があるか」

「訪ねる時間をもっと常識的に考えてくれる婚約者様にだったらお茶のひとつも出すけれど、あいにく侍女は寝ているし、私が淹《い》れるお茶は猫が淹れた方がましってもっぱらの評判だからやめておいた方がいいと思うわ。そういうことでおやすみ」

フィーリアはぎゅっと目を閉じた。

そのお茶を淹れる、ということも花嫁修業の一環である。マリアンヌが紹介してくれた教育係のとある伯爵夫人にまずは実力を見たいと言われ、普通の薔薇《ばら》のお茶を淹れたのだ。そうして、夫人が一口飲んで言い放ったのが、猫が淹れた方がまし。

まずは猫から人間になることからかぁ、と思うと俄然《がぜん》やる気がなくなった。

（それにしても猫が淹れた方がましはいくらなんでも惨《むご》い……）

そんなことはないとヴィンセントは言ってくれないだろうかと思っていると。

「猫がお茶を淹れられるはずがないだろう」

冷静なツッコミが返ってきた。

「それはものの喩《たと》えよ。それだけマズいってこと」

フィーリアはヴィンセントのことなんて無視して寝ようと思っていたのに、ついつい体をヴィンセントの方へと向けてしまった。

「誰《だれ》かに『お前の淹れたお茶なんて口に入れたら即吐き出すくらいマズくて泥水をすすっていた方がマシ。せっかくの茶葉と湯がもったいない』とでも言われたのか」

「そっ、そこまで酷《ひど》いことは言われていないけれど」

そんな暴言を吐かれたら、怒りにまかせて拳《こぶし》で殴っていたかもしれない。

「とにかくっ！　私は今すごくがんばっているの！」

ヴィンセントの花嫁として相応《ふさわ》しくなるためなんだからね、という言葉は照れくさくて口に出せなかった。

ヴィンセントは幼少期は国王の子と認められずに苦労したが、十四歳のときに第三王子として王宮に迎えられて、先頃軍務長官という役職まで得た人だ。一方のフィーリアは王都から遠く離れた田舎町《いなかまち》の領主の娘である。決して高い身分とは言えず、周囲から見たら第三王子の花嫁として不釣り合いと思われても当然なのだ。生まれながらの違いは仕方ないにしても、少しでもヴィンセントに相応しい淑女に、と花嫁修業に励んでいるというわけなのだが。

「なにをそんなにがんばる必要があるんだ？」

返ってきたそっけない言葉に顔色を失う。

「なっ、なにをって、ヴィンセントの嫁として相応しくなるために決まっているじゃない！」

結局は口に出してしまい頬《ほお》が熱を持つ。今が夜で、互いの顔がよく見えなくて良かった。

「俺《おれ》はお前が俺の嫁に相応しいと思ったから求婚したわけだが」

つらっと言われてしまい、今度は別の感情を覚えて顔が赤くなってしまう。

「そっ、それはそうだろうけど……。ええっと、ヴィンセントはそれでいいかもしれないけれど、周りの人がどうかってことよっ！　ヴィンセントはまがりなりにも王子なんだから、花嫁は周囲が認める淑女でないといけないわ。そのために私は今がんばっているわけで」

「……そんなことを頼んだ覚えはない」

「え……？」

盛り上がっていた気持ちがしゅるしゅると萎《しぼ》んでいく。この人はなにを言っているんだろう、と薄闇の中で不機嫌そうに口許《くちもと》を歪《ゆが》めている我が婚約者の顔をまじまじと見つめてしまう。

「……そうか。その花嫁修業とやらのために母上の所へ来たのか」

「ええ？　そこから？」

　そんなこと当然承知していると思っていたのに。確かに、面と向かって話はしていないが、今まで逗留《とうりゅう》していたヴィンセントの屋敷を離れて王宮内に部屋を用意してもらい、ピアノやダンス、淑女としての会話術の手ほどきを受けていることから推し量るべきだろう。

「そんなことをする必要などない。……王宮の警備が思っていたより手薄だということも判明した。なんなら今からでも俺の屋敷に戻るがいい」

「そっ、そんなわけにいかないわよ。マリアンヌ様はこんな不器用な私にも一生懸命教えてくださるし。それに、私のためにいろんな先生を探してきてくださっているし」

「それはただの暇つぶしだ。母上は春と秋の社交シーズンが終わり、これから舞踏会も晩餐会《ばんさんかい》もめっきり少なくなるから寂しい、と漏らしていたからな」

（そっ、そうなの？）

　うっかり信じそうになってしまったが、いや、そんなことはないと首を横に振る。

　この花嫁修業は、なにもマリアンヌに勧められて始めたわけではない。フィーリアがそう望み、マリアンヌは全面的に協力してくれているのだ。

「いっ、いいの！　とにかく私は淑女としての教養や立ち居振る舞いを身につけて、王宮の人たちとも仲良くやれるようにがんばるんだから。邪魔をしないで！」

「そうか、強情だな。ならば勝手にするがいい」

ヴィンセントはやれやれとばかりに立ち上がり、窓から外へと出て行った。……ここは三階でありベランダもないはずだが、彼には関係がないらしい。たぶん部屋を出て回廊を進むと衛兵たちが居るからだろうけれど、王宮の中でこんなに密《ひそ》かに行動する王子が居ていいのか。たぶん、王宮へ侵入することはできたが脱出はどうかを試すのだろう。

フィーリアはベッドから出て、窓を閉めて内側からしっかりと施錠した。窓の外を確かめるが、そこにはもうヴィンセントの影も形もなかった。

(やっぱり、ヴィンセントと婚約するなんて間違っていたわ……うん、それは分かっていたはずなんだけれど)

はぁーっと自分でも嫌になるほどのため息をついて、とぼとぼとベッドへ戻った。


「ええっ？　花嫁修業なんてしなくていいから屋敷に戻れと言ってくれたの？　あの暗黒第三王子が？　信じられないわっ」

リーナは興奮のあまりか、手にしていたティーカップを小刻みに震わせながら言う。ちなみにフィーリアも手にしているティーカップを震わせている。これは、先ほどまで行っていたピアノレッスンで指を酷使したためだ。

ここは王宮内にある音楽室だった。グランドピアノが大半を占める部屋の窓際にある椅子《いす》にリーナと向かい合って腰掛け、紅茶を飲んでいた。窓の外には彩りを変え始めた葉が揺れる。なんとも優雅な王宮の午後だった。

音楽室の壁には金色の草花の文様が刻まれていて、扉の上にある神話の一場面を描いた絵はキャンバスではなく直接壁に描かれている。わざわざ画家をここへ呼び寄せて描かせたのであろうか。さすが王族の住まいだと驚くばかりだ。

リーナとはフィーリアが王都へ来て間もない頃《ころ》、とある人身売買組織にフィーリアと共に攫《さら》われたことが縁で親しくなった。フィーリアにとって王都に来てからできた唯一の友人である。

リーナは胸元と襟ぐりから白い飾りレースが覗《のぞ》いた、薄緑色の娘らしいドレスを身に纏《まと》っていた。金色に輝く髪を結い上げて碧《あお》色の宝石がついた髪飾りで留めている。

微笑むとまるで百合《ゆり》の花が咲いたように可憐《かれん》で、見た目は深窓の令嬢そのものだが、彼女のピアノレッスンは厳しく、少しでも手を抜くと即座に叱責《しっせき》が飛んでくる。できないことは仕方がないが手を抜くな、と。その言葉には頷《うなず》くことしかできず、レッスン中は気を抜けない。

彼女は幼い頃からピアノを弾いており、今では自分の妹や親類の娘にもピアノを教えている腕前だと聞き、花嫁修業をするフィーリアのピアノの先生になってもらったのだ。

「フィーリアがとうとうあの暗黒第三王子と婚約したと聞いたときには、地獄の業火に身を投げる行為だと思ったけれど、そうやって大切に思われているのならば、少しは婚約を祝福する気になれるわね」

「そう言って私を心配してくれるのはリーナだけだわ……。他《ほか》の人は『とうとう腹を決めてくれましたかーっ！』って怒濤《どとう》のような祝福ムードで『もっとよく考えた方がいいんじゃない？』なんて、私に促してくれる人はいないもの」

フィーリアはティーカップをソーサーに戻し、頬にかかっていた蜂蜜色《はちみついろ》の髪を耳にかけた。

今日は髪をふたつに分けて結い上げ、花の形をした飾りをつけていた。王宮内ではヴィンセントの婚約者として見られるので、服装にも髪型にも気を配っている。

「そうねぇ……いつの間にかみんなあの暗黒第三王子に騙《だま》されて、彼と結婚することが貴族の娘として一番の名誉的な空気になってきてしまっているから」

「暗黒第三王子……あの、一応私の婚約者だし、もっとふんわりとした呼び名は……」

「だって、事実じゃない！」

リーナは少しも引く気配がない。

リーナは貴族の令嬢としては大変しっかりしている。周囲の意見に流されることなく、他の娘たちが『もしかして、ヴィンセント王子って思ったほど悪くないかも』というふわふわした雰囲気になっても、リーナだけは彼は危険人物であるという認識を変えない。

「フィーリアのことが心配で仕方がなくて夜の王宮に忍び込むなんてことをやってのけたのね。

本当に、あの暗黒第三王子のフィーリアに対する思いだけは感嘆するしかないわ」

「あ、う―ん……。それは否定できないのだけれど。でも、私がせっかく花嫁修業をがんばっているのに、それをねぎらうどころかそんなこと頼んでないと言うあたりが、ね」

「あんな悪魔にそんなことを期待するのが間違いじゃないかしら？」

「……リーナ、本当にあなたって酷いことをさらっと言うわよね。まあ、私も人のことは言えないけれど」

「フィーリアが淑女になるためがんばりたいって気持ちは応援したいけれど。でも相手が分かってくれないのにそんな無理をすることはないと思うわ」

「でもっ、せめて王宮貴族の人たちから侮られないようになりたいし」

「そんなの、誰かを侮ろうとしたらどんな高貴な血筋で非の打ち所のない美しい令嬢でも侮るわよ。髪飾りが流行遅れだとか、履いている靴の色が誰々とかぶっている、配慮がない、とか、いつもより肌の張りがない、夜遊びをしているんじゃないか、なんてね。理由はなんでもいいんだもの。だから、そんなこと気にしても無駄だと思うわ」

「う―ん、言われてみればそれはそうかもしれないけれど」

それでも、ヴィンセントの婚約者として形をつけたいのだ。今のフィーリアの評判は、田舎から出てきた名前も知らない貴族の娘で、いくら殺すと脅されて短剣を突きつけられたとはいえ、相手を失神させるほど腕に覚《かじ》りついた凶悪女である。その評判をなんとか変えたい。

「私はヴィンセントと結婚するって決めたんだから。私としてはとても重い決意だったのよ？　誰が考えても身分違いの人の許《もと》へ嫁ぐんだから。ヴィンセントの足を引っ張りたくないの。身分違いの花嫁だけど、ヴィンセントに相応しい、陰で夫を支える美しく慎み深く教養に溢《あふ》れた、できた嫁だと言われるようになりたいの！　そのための花嫁修業だっていうのに、ヴィンセントったら！　私の気持ちなんてちっとも分かってくれないっ」

フィーリアはそこまでまくし立てて、はあはあと息を切らせた。

「……美しく、は持って生まれたものもあると思うけれど」

「でも、立ち居振る舞いとか仕草とかで三割増しくらい美しく見せかけることはできるでしょう？」

「確かに。それにフィーリアの気持ちはよく分かったわ！」

リーナはフィーリアの手を取り、両手でぎゅっと握った。

「私もできることは協力するわ！　この国で一番って言われるような花嫁になれるようにがんばりましょう！」

「ありがとうリーナ！　やっぱり持つべきものは親切で情が深い友達ね！」

フィーリアはリーナの手を握りかえした。

「誰もがフィーリアを嫁に、と望むようにするの。そしてあの暗黒第三王子をきっぱりと振ってやりましょう！　あんな思いやりのない奴、むしろこちらからお断りしてやればいいのよ！」

「あー……、それはちょっと……」

フィーリアはあくまでもヴィンセントの嫁になるためにがんばりたいのだが、それは照れくさくて口には出せなかった。


お茶の時間を終えるとリーナを見送るために音楽室を出て、王宮の回廊を歩いていった。

慣れないうちは王宮を歩くだけで誰かと出くわさないかとドキドキしていたが、それを見越してかマリアンヌがまずフィーリアに教えてくれたのはきちんとした挨拶《あいさつ》の仕方だった。今ではどんなに偉い人とすれ違っても大丈夫、と高をくくっていたフィーリアだったのだが。

「……あら珍しい。陛下がいらっしゃったわ」

「え？」

先を歩いていたリーナの声に、フィーリアは回れ右してその場から逃走したくなった。もちろんそんなことをしたら相手に失礼なので、決してするなとマリアンヌに言われている。

『偉い人が通ったら、さっと道を空けて頭を垂れるの。その方とその方の従者たちが通り過ぎるまで頭を上げないのよ』

その言葉を思い出し、フィーリアは回廊の壁ぎりぎりの所へ立って頭を垂れ通り過ぎていく人たちの足を見つめていた。

フィーリアの前を人々の足がどんどん通り過ぎていく。

何人のお付きを引き連れて歩いているのだろうと思ったところで、視線の先にあった足が歩みを止め、こともあろうにこちらへと近付いて来るのが見えた。

(ひゃっ、なにか不作法があったかしら?)

どう対処したらいいのかと頭の中をぐるぐるさせていると、この世の不機嫌を全《すべ》て背負ったような声が落ちてきた。

「……やはり。ヴィンセントが飼っている猿じゃないか」

ウッキー、と答えようとしたがさすがにやめておいた。

その声の主がヴィンセントの父親、つまり国王であることが分かったからだ。

「飼い主の姿が見えないようだが、猿がこんなところでうろうろとなにをしている?」

「あわわわ……」

焦りを声に出しつつ、ドレスの裾《すそ》をつまみ上げて挨拶をした。とにかく失礼がないようにと気を配るのに精一杯で、猿うんぬんに反論しようなどという気はさすがに起こらない。

「……顔を上げろ」

「はっ、はいぃぃ」

間抜けに答えて慌てて顔を上げた。

背後に衛兵やら家臣やらをたくさん引き連れた国王の姿がそこにはあった。

以前見たときは玉座の上だった。それよりもずっと近い距離におののく。

栗色《くりいろ》の髪に、油断ならない黒い瞳。目端にわずかに皺《しわ》が寄っているがそのがっしりとした体躯《たいく》を見るに若々しさに溢れており、ヴィンセントの年が離れた兄だと言われても信じてしまいそうだ。

魔王の父、さすがの貫禄《かんろく》だなと思っていると。

「こんなところでなにをしているのか、と聞いている」

自分より身分の高い人とは口を利かないように、こちらから声を掛けるなどもっての他だが、これは向こうから尋ねてきているのだからいいのよね、と心の中で確認しつつ答える。

「その……友人を見送ろうと玄関ホールまで下りていくところだったのですが」

「そんなことを聞いているのではない。なぜ王宮に居るのかと聞いている」

(えぇぇ、そこから？)

考えてみれば王宮は国王の『家』であり、そこに国王の許可なくして逗留しているのはなんだかおかしい気もするのだが、だからといって謁見を申し出て『しばらくおうちでお世話になりま〜す』なんて言うのもおかしな話である。

「それは大変失礼いたしました。五日ほど前から、マリアンヌ様の許へ身を寄せさせていただいております」

「なんのために？」

「花嫁修業のため、です」

「花嫁？　どこかへ嫁ぐのか？」

「ええ、実は……って、えぇぇぇ？」

国王の御前であることを忘れて間抜けな声を上げてしまい、慌てて口を手で覆った。

あんたの息子のところだよ、とツッコミを入れたくて仕方がない。あんたもそれを息子から言われて、許可しただろうが、と思っていると。

「ヴィンセントからお前と結婚したいとは聞いたな。しかし、許可した覚えはない」

(ななな、なんですと――――!?)

フィーリアは後ろに倒れて危うく壁に頭を打ち付けそうになった。

ヴィンセントがフィーリアを連れて謁見の間へと向かい、国王の前で『この娘との結婚を認めて欲しい』と申し出て、国王は『勝手にすれば良い』と答えたのだ。あれは結婚の許可だと思ったのだが、本人にはそのつもりはなかったらしい。それなのに先走った娘が王宮内で花嫁修業などと、可笑《おか》しくて仕方がないという顔をしている。

あまりのことにフィーリアが顔色を失い立ち尽くしていると、国王は再び不敵な笑みを浮かべた。

「田舎貴族の娘の分際で、本気でこの国の王子と結婚できると思ったのか？　片腹痛い。おかしな物語の読みすぎなのではないか？」

確かに言われる通りである。

フィーリアも以前、どうやらヴィンセントから好意を寄せられているらしいと気付いたときに同じことを思った。婚約した今となっても迷っている、本当に私でいいのか、と。だからこそ花嫁修業と称して自分を磨いている。

「お前に一体なにがある？　輝くような美しさか？　人を惹《ひ》きつけるカリスマ性か？　高い教養か？　どれも持ち合わせているようには思えぬな」

（知っているわよ！　だから花嫁修業をがんばっているんじゃない。本当に腹立たしいわね、この魔王の父は！）

侮るような視線を向けられ、しかし目の前に居るのは国王なのだから反論などしてはいけないと必死に堪《こら》えていた。

そして、国王の従者たちは薄ら笑いを浮かべながらフィーリアを見つめている。なんともいえない居心地の悪さを感じる。

「……いや、それが分からないほど頭の中身が可哀想《かわいそう》ということか？」

今度はじっとフィーリアの顔を覗き込んできた。

（堪えろっ、堪えるのよ！　ここで挑発に乗ってはいけないわ）

そう心に言い聞かせつつ、手はふるふると震えていた。しかし国王相手に言い返したとなれば、それこそ淑女失格である。

「お前のような者が王族の一員になるなど、考えられぬわ」

国王はそのまま踵《きびす》を返し、フィーリアの前から立ち去ろうとした。従者たちも嘲笑《ちょうしょう》を残しその後に続く。堪《たま》らなくなって、その背中へと声を飛ばしてしまう。

「それでも！　私はヴィンセントから正式に申し込みをされましたし！」

こちらから高位の者へ話しかけてはいけない。憤怒《ふんぬ》に駆られたフィーリアはそんなことをすっかり忘れて語気を荒げてしまった。

「ほう……そうか」

国王は体を前に向けたまま、顔だけをこちらへと向けた。

「ならば、我が母上に結婚の許可を受けて来い。そうすれば、我もお前のことを認めてやらぬでもない」

「ええっ！　やってやろうじゃないの！」

フィーリアは国王相手だというのに、鼻息荒く言い放った。

「……意気込みだけは一人前だな。楽しみにしている」

再びお付きの者たちを引き連れて、王の威厳を振りまきながら歩いていってしまった。

フィーリアはその背中を見送ることしかできず、なんともやりきれない気持ちだった。

（認めてやらぬでもない、って言い方がまた微妙な……）

しかも皇太后《こうたいごう》に認められたら、と。会ったこともない人だが、あの魔王の血筋を作り出した人なのだから一筋縄ではいかないのだろうなと予想する。

（つい勢いであんなことを言ってしまったけれど……皇太后様に認められるなんて）

無理難題を出して結婚を諦《あきら》めさせるつもりだろうか。それにしても国王相手に不遜《ふそん》すぎる態度を取ってしまった。今更遅いが淑女として、いや、この国に住む者として失格だ、と夕日の彼方へと走り出したい気持ちだ。

「……フィーリア、あなたやっぱりすごいわね。国王陛下相手にあんなものの言い方……」

国王の一行が立ち去ってから、リーナはフィーリアの肩に手を置き、可哀想な人を見るような目つきをフィーリアへと向けてきた。

「あんなに堂々と『私はヴィンセントに正式に求婚されています！』って。分かった、私はもうなにも言わない。フィーリアもあの暗黒第三王子のことが好きで好きで仕方がないのね！」

「そっ、そんなことありませんけど？」

否定の言葉を紡ぎつつ、頬は赤みを帯びていた。

❧

「あら、困った人ね。フィーリアが私の許へ花嫁修業に来ていると話しておいたのに」

話の一部始終を聞いたマリアンヌは、頬に手を当てながら物憂げな表情となった。

「勢いで結婚を許したものの、熟考した結果、得策ではないと思ったのでは？」

クロッシアはマリアンヌの目前へ砂糖菓子の小瓶をさっと差し出した。マリアンヌはそれをひとつつまみ上げて、口へと入れる。

「そうかもしれないわね。今度結婚の許可を得るときは、きちんと書面にしてもらった方がいいわ、あの人は気まぐれだから」

「はあ……って、クロッシア。あなた国王陛下にお会いしたこともないのにどうしてそんな知ったような口を利くのよ！　しかもどうしてあなたがこの場に居るの？　ヴィンセントの屋敷にいなさいって言ったはずなのに⁉」

五日ぶりに見る我が従者クロッシアは涼しい顔をしてフィーリアへも砂糖菓子の小瓶を差し出した。フィーリアはいいわよ、とそれをぞんざいに断った。おや、困ったお嬢様だ、的な表情をされたので腹が立つ。

「あら、ごめんなさいね。私が呼んだのよ、ね、クロッシア」

「ええ、招かれて来たので、お嬢様にとやかく言われる筋合いはありません」

「ああ……はいはい。でもマリアンヌ様はどうしてクロッシアを？」

「あらぁ、フィーリアが寂しそうにしてたからよぉ」

「私、寂しそうにしていました？　むしろ余計なことをしてくれる従者がいなくなって、伸び伸びしていたと思うんですけれども！」

「それから、クロッシアにはプロージャの話を聞きたかったのよ。私が知っていた頃とまるで変わっていないようで、安心したわ」

ああ、それでかと合点がいった。

マリアンヌはこの前ヴィンセントと久しぶりにプロージャへ里帰りしたときの話を聞きたがっていたのだが、ヴィンセントは軍務長官としての引き継ぎその他で忙しく、フィーリアは花嫁修業に夢中だった。そのため、クロッシアを呼んで話を聞いたのだろう。

「私もそのうちゆっくりと里帰りしたいわ、なんて話していたのよ」

「ええ、ぜひ。私の家族も、町の人たちも喜ぶと思います！　みんなマリアンヌ様のことが大好きですし、どうしているのかと気にしていましたから」

「あらっ、そうなの？　もう何年も会っていないから、みんな私のことを忘れてしまっているかしらなんて思っていたのに」

「そんなことはないです。マリアンヌ様が王都へ行ってしまった後、みんなしばらくは顔を合わせればマリアンヌ様のことを話していました。こんな田舎町にあって、マリアンヌ様は女神のごときお方だった、肖像画を描いて町の教会に飾ってはどうかという案まで出ました」

「嬉《うれ》しいわ。私のことをそんなに気にかけてくれたなんて」

マリアンヌは涙ぐんでいるようにも見えた。余程嬉しかったのだろう。

と、ほっこりとした会話を続けている場合ではなかった。

「皇太后様とは、実際はどのような方なのでしょうか？」

フィーリアは恐る恐る聞いた。

「そうねぇ、ひと言で言えば頑固者かしら？　こう、と決めたら折れることはまずないわね」

「あぁ……やっぱりそうですよね」

皇太后のことは、プロイラ王国に住む者としてその評判はもちろん知っていた。

マルヴィナ皇太后はかつて『氷点下の王妃』と呼ばれ、国民に恐れられつつ敬われていた。

先代のダグラス国王は芸術に対する造詣が深く、王都ルーセアが芸術の都と呼ばれるようになったのは先代国王の功績が大きい。

しかし、その一方で政治には疎《うと》く失策も多かった。それを陰から支えていたのが、当時王妃であったマルヴィナ皇太后だ。また、晩年長く病の床についた国王の代理として政権を握っていたこともある。そのあまりに徹底したやり方についた名前が、氷点下の王妃なのだ。

「皇太后様の信奉者は今でも多いから、アーヴィングもその言葉を無下にすることはできないのだと思うわ。逆に、皇太后様のお気に入りになってしまえば、今後王宮でのフィーリアの立場は盤石なものになるはずよ」

「皇太后様は隠居して王都とは離れた場所に住んでおられるはずですが、それでも王宮内の立場が変わりますか？」

皇太后は王都から馬車で三日ほどの距離にある港町フェリングに住んでいる。プロイラ王国で最も古い街のひとつと言われており、海沿いの穏やかな気候のため保養地としても有名だ。

「ええ、そうよ。そうね……皇太后様にいきなり結婚の許可を申し出に行くのは失礼だから、まずはお手紙など書いてみてはどうかしら？」

「手紙、ですか」

「そう。心がこもった手紙を書くの。最初はお返事もいただけないかもしれないけれど、それでもめげずに書き続けるのよ。そして、折を見て面会を申し出れば」

「確かにそのような手順を踏むのがいいでしょうね」

クロッシアが偉そうな態度で口を挟んできた。

「なにしろ、あのヴィンセントの旦那《だんな》のお祖母様なのです、いきなり結婚を認めろと押し掛けていったら王族侮辱罪で牢《ろう》に放り込まれる可能性もある」

「いやいや、さすがにそこまでは……」

「ええ、充分考えられるわ」

きっぱりと言い放ったマリアンヌの顔を、不作法と分かっていてもまじまじと見つめてしまう。本気で言っている……ように見える。それにマリアンヌは冗談を言うような人ではないので、皇太后のことを知っている人はそのように思うのだろう。

「手紙……から始めるのが良さそうですね。でも、友達に書くような手紙ならばいくらでも書けますが、皇太后なんて身分の方に文章をしたためるなんて」

「大丈夫よ、私が添削してあげるから」

「微力ながら、俺もお手伝いします」

「クロッシアの力は本当に微力そうだから、いらないわよ」

報告書などは達者に書きそうだが、心を込めた手紙などまともに書けそうにない。

「それから、私がフィーリアを紹介するお手紙を書いて添えましょうね。ヴィンセントの婚約者とはいえ、いきなり見知らぬ娘から手紙を受け取ったら驚くでしょうし」

そうまでしてくれると言われたら、手紙を書かないわけにはいかない。

「よろしくお願いします」

フィーリアはそれからすぐに手紙を書きにかかった。

最初に書いた手紙はまるで駄目だと言われ、二度目に書いた手紙はちっとも見所がないと言われた。辛辣《しんらつ》な言葉にもめげることなく書き続け、フィーリアが書いた手紙は三十六通にも及んだ。一言一句まで細かく添削され、これならマリアンヌが代筆をした方がいいのでは、と言いたくなるほどだった。それでも、やはり自分の言葉でと挑んだ三十七通目の手紙でようやく及第点をもらい、使者に託して皇太后へと手紙を送った。

それからしばらくして、そろそろ二通目の手紙を書くべきだろうかと思っていた頃に、皇太后からフィーリア宛に手紙が届いた。

第二章　私、皇太后様に会いに行きます！

出立の日の朝は風が冷たさをはらみ、分厚い外套《がいとう》を纏《まと》っていても寒さが肌に染み込んでくるようだった。

「特にあのババアの許可をもらう必要など感じない。本当に行くのか？」

まだ夜も明けきっていない早朝だというのに、ヴィンセントはフィーリアを見送りに王宮前広場まで来ていた。広場にはフィーリアが乗る予定である四頭立ての馬車が止まっている。落ち着いた深緑の地に鳥と草の飾りがついた、華美な馬車だった。

「行くわ。絶対に結婚の許可をもぎ取ってやるんだから！」

フィーリアは朝っぱらから元気があり余っていた。

しばらく馬車に揺られていなければならないため、華美なレース飾りなどはついていない若草色のドレスに着慣れたキャラメル色の外套を身に纏っていた。髪型も一部を三つ編みに結い上げただけの簡素なものだ。

「それに、会いに来なさいと言われているのに行かないなんて失礼でしょう？」

「失礼？　はっ！　あのババアにそんな気を遣う必要などない」

　どうやらヴィンセントは皇太后のことを忌まわしく思っている……いや、かなり苦手であるらしい。いくらなんでも実の祖母をババア呼ばわりはないと思うのだが。

「それでも行くわ。皇太后様はヴィンセントのお祖母様であるわけだし、フェリングに隠居された今となっては、こちらから出向かなければお会いする機会がないかもしれないから」

「ああ、そろそろくたばりそうだしな」

「……そういう意味ではないわ。遠方に住んでらっしゃるし、話を聞くとかなりの堅物……いえ、難しい方のようだから、これを逃したらもう会うなんて言ってくれないかもしれない。結婚の許可うんぬんの前に、一度お会いしておきたいのよ」

「そうか」

　やけに簡単に引いたな、と思いつつフィーリアは周囲の様子を気にした。

　フィーリアは仮にもこの国の第三王子の婚約者となったのだ。……国王は認めた覚えがないなどと薄ら惚《ぼ》けたことを言っているが、ふたりが婚約したことは誰《だれ》もが知るところなのである。

　そのせいか今までのように気軽にどこかへ行くことはできず、遠出をするとなるとそれなりの警備をつけることになる。今回は多忙なヴィンセントが同行できない代わりに黒十字騎士団副団長のロクと、黒十字騎士団の五人が一緒にフェリングへ行くこととなっている。

「さあ、フィーリアさん。出立の準備が整いました。馬車へお乗りください」

ロクに促され、フィーリアがそちらへと視線を向けたとき。

「まあ、せいぜいその猿ヅラをババアに見せて笑われてくるがいい」

「はあ？　仮にもそれが婚約者に言う台詞《せりふ》なわけ？」

振り返ると同時に不意に手を掴《つか》まれ、ぐっと体を引き寄せられた。

なにを、と口にするより前に素早い動きで口を封じられてしまった。

なんでいつもこう不意打ちなのよ、と思いつつ瞳《ひとみ》を閉じると、熱っぽい唇はすぐに遠ざかってしまった。

「……気を付けて行け。ババアが気に食わなかったら思いっきり噛《か》みつけばいい」

「かっ、噛みつかないわよっ！　あの技はもう封印しました！」

「……それがいい」

侮るような微笑《ほほえ》みを浮かべられ、言いがかりをつけたかったが、しばらく会えなくなるのにケンカ別れは嫌だなと思って大人《おとな》しくその言葉を呑《の》み込んでおいた。

「それじゃあ、行ってくるわね」

これでしばらく会えない、少しの寂しさを感じながらもそっけなくヴィンセントから離れて馬車へと進み、踏み台に足をかけた。

それからすぐにクロッシアが乗り込んで来てフィーリアの隣に座り、次にロクが乗り込んでフィーリアの向かいに座った。ロクが窓から顔を出して御者に何事か告げると、馬車はすぐに走り出した。

　フィーリアは窓を開け体を乗り出し、見送るヴィンセントへ手を振った。ヴィンセントは手を軽く振って返し、少しだけ寂しそうな表情でこちらを見つめていた。

(私がいなくて寂しいとか思ってくれているのかな……？　それにしても、案外あっさりとヴィンセントがフェリング行きを了承してくれたな。行くのはともかくとして、絶対にヴィンセントが同行すると言い出すと思ったのに)

　軍務長官としての仕事が山積みで、王都を離れられないのだという。

　これは少し意外だなと思った。フィーリアが自分の屋敷から離れて王宮に住むようになり、それが心配なのか毎日のように顔を出していた人が。フィーリアと長く離れたとき、フィーリアのことが心配すぎて、重要な仕事を放り投げて急ぎ帰ろうとしていた人が。フィーリアに心ない言葉を投げかけた人を建物の上に吊《つる》したり、豚小屋に閉じこめたり、挙げ句の果てにその城に夜襲をかけて崩壊させたりした人が。

(私より仕事がだい……いやいや！　なにを考えているの、私っ！　むしろそうあるべきだと思っていたのに)

　だが、今までなにを置いてもフィーリアが一番だったヴィンセントが変わってしまったようで、少しだけ寂《さ》しいのだ。

(釣った魚に餌《えさ》はやらない的な……いやいや！　そんなことないし！　むしろヴィンセントが

居ない方がいいし！　彼がなにかしでかすんじゃないかって心配もないしね！）

そう思うことにして、馬車の中へ体を戻して窓を閉めた。

馬車は四人乗れるようになっているので、ひとり分の余裕はあるはずだが広いとは思えない。狭苦しい密室に野郎ふたりに囲まれて……こんな空気を華やかなものにしてくれる明るくかわいい娘の従者が欲しいなと思ってしまう。

「どうしたんですか、浮かない顔をして。もしかしてヴィンセントの旦那《だんな》としばらく離れることとなるのが寂しいとかですか？」

クロッシアがわざとらしく真剣な表情で聞く。こちらをからかっているのが見え見えだ。

「違うわよ！　むしろせいせいしているわよっ！」

そしてそれに引っかかってすぐに興奮してしまう。ヴィンセントのことを考えていたところだったので、余計に強く否定したくなってしまったのだ。

「せいせいとは……団長にはご報告できない言葉ですね。フィーリアさん、仮にもおふたりはご婚約なされたんですよね？　もう少し色っぽいことは言えないのでしょうか？」

「婚約って言っても、事故で婚約したようなものですし！」

ヴィンセントに騙《だま》されて駆け落ちしたことにされ、怒ったヴィンセントの婚約者候補に迫られ、彼女の命を助けるために『私たちは故郷に居た頃《ころ》から愛し合っていたの！』と嘘《うそ》を吐き散らしたら、ヴィンセントにそれが真実のように皆に知らしめられた挙げ句、突然国王の御前へと連れて行かれ、結婚の許可を取られてしまった。これが事故じゃなくてなにが事故か。

「しかし、その後正式に申し込まれて、フィーリアさんは快諾されたと聞いていますが」

「かっ、快諾？　申し込みを受けたことには間違いないけれど、それは仕方なしに、というか、この国のことを思って、というか……」

もごもごと言い訳をしているうちに顔が熱くなってきた。

（それにしても、あれを快諾とは。ヴィンセントの思考回路はどうなっているのかしら？）

でも、それらしくキスもしたしな、と思うと耳の先まで熱くなってきた。

「とっ、とにかく！　ヴィンセントなんて王宮で花嫁修業をしている私に優しい言葉をかけてくれるどころか『そんなこともできないのか』と小馬鹿《こばか》にするばかりだし！　今回のことだって『あんなババアに結婚を認めてもらいに行く必要はない』なんて」

「団長はとても残念がっておりました。軍務長官となられたばかりで多忙な上に、面倒な案件を抱えているので同行できない、と」

「ヴィンセントの旦那も少しは大人になったんですね。今までだったらそんな仕事放り出してお嬢様に同行しそうなものですが」

「軍務長官っていう責任ある立場になったんだから、そうじゃないと困ります」

「フィーリアさんがそう団長におっしゃってくださったので、団長も真面目《まじめ》に職務に励んでいるのだと思います」

ロクは腕を組み、瞳を伏せつつ大きく頷《うなず》いた。どうやら、今までフィーリアのためにその他のことを疎《おろそ》かにしていたのに、やっとまともに仕事をしてくれることとなったので、ロクとしては好ましく思っているようだ。

「あ、なるほど。結局全部お嬢様絡みってわけですか。良かったですね、お嬢様。愛されてるって感じで」

「うぅぅう、嬉《うれ》しくなんてありません！」

口ではそう言いながら浮き足立った気持ちになってしまうのはなぜだろう。

これでは自分が不利だと思ったフィーリアは、思い切った話題転換が必要だと考えた。これは、マリアンヌに仕込まれた会話術のひとつでもある。自分が望まない会話の流れになったときには、別の方向へ話を逸《そ》らせばいい。

「そうだわ！　ロクさんにはヴィンセントに対する罵詈雑言《ばりぞうごん》を聞いてもらう約束をしていたんだった。あれから目まぐるしい日々で、そんな時間なかったけれどちょうどいいわ。皇太后《こうたいごう》様が住むフェリングまでは馬車で三日くらいかかるんでしょう？　ゆっくり話ができるわね」

「ああ……ええ、そんな約束もしていましたね」

ロクは本気ですか、とでも言いたげな、げんなりとした表情だ。

しかし、どんなに嫌がっても約束は約束なのだ。今こそヴィンセントに対する不満をその部下にぶちまけてやる、と意気込んで話そうとしたとき。

「ところで、皇太后もよくお嬢様に会う気になりましたね。元はどこかの国の第一皇女《おうじょ》だったと聞きますし、生まれつき身分とか、伝統とかしきたりとかに厳しい方ではないんですかね？それが、皇太后にしてみたらどこの誰だか分からない娘に突然会うと言い出すなんて」

クロッシアが思いっきり話の腰を折った。あなた私の従者で、私の味方じゃないの？　と歯をギリギリと噛みしめたいところだ。

「それは団長も意外だとおっしゃっていました。あのババ……失礼、皇太后様がなにか企《たくら》んでいるのではと危《き》惧《ぐ》しておりました」

「まさか。考えすぎよ。ただ、手紙でやりとりするよりも直接会って話したい、とそれだけでしょう？」

皇太后からの手紙に書かれていたのはただひと言だけ。

『まずは私に会いに来なさい』

初めはなんのことかよく頭に入って来なかった。二度、三度、その言葉を見つめて噛み砕いて、とにかく会いたいということだな、と理解した。そう言われて会いに行かないわけにはいかないと、急いで準備を整えてフェリングへ向けて出立したというわけだ。

「結婚の許可を取るために皇太后の許《もと》へ。お嬢様はなんだかんだ言って、ヴィンセントの旦那と結婚する気満々ですね」

「ちっ、違うわよ！」

「なにが違うのですか？　団長は皇太后様の許可など必要ないとおっしゃっているのに、フィーリアさんはそれでも皇太后様に会いに行くとおっしゃる。皆に祝福されて団長と結婚したいというお気持ちでしょう？」

ふたりににやにやと見つめられてしまった。

「違います！　これはあのいけ好かない国王陛下の鼻を明かすためです」

フィーリアは拳《こぶし》を振り上げて熱弁を振るった。

クロッシアとロクは若干引いている様子だが、そんなこと構うものか。

「一度は結婚の許可をしたはずなのに、そんな覚えはないだの、猿の分際で本気で我が息子の嫁になれると思ったのか、夢を見すぎだとか、ウッキーとか」

「国王陛下が本当にそのようなことをおっしゃったのですか？」

ロクが眉《まゆ》をひそめる。

よくよく考えるとそこまでは言われていないように思うが、訂正はしない。屈辱的な言葉を投げかけられたことに違いはない。

「私は皇太后様のお気に入りになって、結婚の許可なんて速やかにもぎ取ってみせるの。そしてあの高慢な国王が『どうかヴィンセントの嫁になってくれ』と床に額を擦《こす》り付けて頼んできたところで『誰がお前の息子の嫁になどなってやるものか！』と華麗に断ってやるわ！」

フィーリアは、ほぉーほっほと高らかに笑った。フィーリアが考える、高級貴族の令嬢らしい他者を見下す高飛車な笑い方だ。

「……要は、国王陛下に小馬鹿にされて悔しかったと、そういうことでしょうか」

「……そんなことだろうと思っていました。あの恋愛ごとには疎《うと》いお嬢様が結婚に対して、ここまで情熱的になるなんて考えられませんから」

「団長は口には出しませんが『俺《おれ》のために皇太后に結婚の許可を取りに行くなんて』と感動したに決まっています。皇太后様の許可などいらないと言いつつ、フィーリアさんの出立を止めようとはしませんでしたからね」

「ヴィンセントの旦那も気の毒に」

「これが、フィーリアさんをお嫁にもらうということなのでしょうか」

「そうでしょうね。とにかく、お嬢様に恋愛方面で期待しても無駄です」

ふたりは以前にフィーリアがヴィンセントに対して思っていたのと同じようなことを、フィーリアに対して言っている。

半分は当たっているが、半分は違う。

国王の鼻を明かしたい気持ちはもちろんある。だからといって、本気で国王にぎゃふんと言わせるためだけにヴィンセントと婚約破棄しようなんて気はない。

本当は、恥ずかしくて照れくさくてなかなか言えないが、ヴィンセントの嫁として彼の家族に認められたいだけなのだ。

（皇太后様に認められていない嫁よりも、認められている嫁の方がいいに決まっているわ。それでなくてもいろいろ言われている人なんだから。私が足を引っ張るようなことは極力したくない。家柄とか容姿とかは今更どうにもならないから）

フィーリアだってフィーリアなりにヴィンセントのことを考えているのだ。

人の目の前で堂々とこそこそ話をしている我が従者と真面目すぎる騎士は気付いていないようだが。

（皇太后様に会ったら、まずは心を込めて挨拶《あいさつ》しましょう。それから近況をお話しして……王都を離れてお寂しく暮らしてらっしゃるでしょうし、話し相手に飢えてるかもしれない。だからこそ私にも会ってくれると言ってくれたのかもしれないし！）

そんなことをあれこれと考えながら馬車に揺られ、予定通り三日後の昼にはフェリングへたどり着いた。

「恐れ多くも皇太后陛下はお前のような者など呼んだ覚えはないとおっしゃっている。即刻立ち去られよ」

見上げるほどの背丈の、いかつい顔をした門番に厳しい口調で迫られ、口をぽかんと開けながら立ち尽くすしかなかった。

　え？　この人なにを言っているのと悩んでいるところで、門番はフィーリアの目線の高さまで腰を折り、トドメを刺すように口を開く。

「聞こえなかったか？　皇太后陛下はお前のような者は知らんと言っているのだ。さっさと自分の家へ帰るがいい」

「え？」

「邪魔だ！　次の者、こちらへ」

　無理矢理に押しどかされると、次に呼ばれた商人らしき者が前へと進み出た。

　フィーリアはなにがなんだか分からず、私起きたまま夢でも見ているのかしら、と現実逃避を始めた。

「あーあ。なんとなく悪い予感はしていましたけど、まさか門前払いとは」

　一部始終を見ていたクロッシアは、腕を組みつつ情け容赦ない門番を見つめている。

　その通りである。ここは皇太后の住居であるノイヴィゼ宮殿の門前広場であり、宮殿の敷地内ですらない場所だ。そこで追い帰されるとは、まさか予想していなかった。

「おかしいですね。門番に皇太后様からのお手紙を渡されたのですよね？」

　ロクに問われフィーリアはこくりと頷いた。衝撃のあまり、まだ上手《うま》く言葉が出てこない。

「ちなみに、あの字は間違いなく皇太后様ご本人のものだということでした。マリアンヌ様とその他《ほか》の人たちに確認しました」

「と、なると……。呼び出しておいてわざと追い払ったということになりますね」

「確かにヴィンセントの旦那がババア、って言いたくなる気持ちも分かります」

「……まあ、この状況も予想はしていました。どうなさいますか、フィーリアさん」

「ど、どうって……」

まだ頭がよく働かない。

皇太后は難しい人だとは聞いていたが、まさか呼び出しておいて会ってもくれないとは考えてもいなかった。

(どうするって……王都へ帰る？　会ってもくれなかったと言ったら、あの魔王の父がどんなに愉快そうに笑うか……！　想像するだけで腹立たしいわ)

しかし、このままずっと門前広場に居るわけにもいかない。

とにかくどこか落ち着ける所へ移動して、それからロクたちと今後のことを打ち合わせるのがいいかと思っていたとき。

「だからっ、何度言えば分かるんだ。お祖母様が僕のことを知らないわけないだろう、僕はお祖母様の孫なんだからっ！」

どこかで聞いたことがあるような声と、その内容を確かめたくなる台詞を吐いている男へ視線を向けた。

先ほどフィーリアに『帰れ』と言っていた門番にすがっている男がいた。よくよく見なくてもその正体がすぐに分かる。ヴィンセントの兄であり、第二王子のアーベルであった。

「いいから、とにかくここを通してくれ！　ひと目会えば、お祖母様は僕が大切な孫だということが分かるはずだ」

「……お引き取りください」

先ほどよりも言葉遣いが丁寧なのは、アーベルが第二王子だと知っているからであろうか。しかしそれであっても追い返そうとしているなんて、あの門番、かなりの強者だ。

「誰ですか、あれ？　お嬢様が知っている者ですか？」

クロッシアがそっとフィーリアに耳打ちした。そういえばクロッシアはアーベルと面識がないのだと気付く。

「第二王子のアーベル殿下よ」

「ヴィンセントの旦那の兄ということですか？　とてもそんな風には見えませんね」

眉根《まゆね》を寄せ、怪訝《けげん》な表情を向けたクロッシアの気持ちはよく分かる。

アーベルは落ち着いた栗色の髪に空の青を写し取ったような輝く蒼《あお》い瞳で、いかにも貴族という整った顔立ちをしているのだが、今、門番に向けている悲壮な表情は、まるでフラれた女性にしつこくすがる情けない間男のようだ。あれが王子だとは、プロイラ王国の国民として誇れるものではない。

「もう一度お祖母様に聞いてみてくれ。これはなにかの間違いなんだよ！」

とうとう門番の足にしがみついたアーベルを、彼の従者と思わしき男性が引き離した。

なんだかアーベルが気の毒になる。

自分は皇太后とは赤の他人だからいいが、正当な血筋を継いでいるアーベルを門前払いするなどと。そして、それを目の当《ま》たりにしたことで皇太后とは一筋縄ではいかない人だと、しみじみと理解する。

「アーベル様、今日《きょう》は諦《あきら》めてもう帰りましょう」

アーベルの許へ美女が近寄っていき、気遣うように話しかけた。

「ああっ、イレーヌ。こんな僕を慰めてくれるのかい？　君はなんていい子なんだ」

アーベルはその女性の手を取りぎゅっと握った。

清楚《せいそ》な雰囲気の美しい娘だった。侍女のようには見えないので、もしかしてアーベルの恋人だろうかと勘繰った。でも、それにしては服装が質素だな、などと考えていると。

「あれ？　君はもしかして？」

アーベルの声が聞こえたな、と思った次の瞬間には、彼はフィーリアの目前に立っていた。

ぎょっとして身を引くと、アーベルはフィーリアの手を取ってぎゅっと握った。

「やっぱりだ！　フィーリアだね。我が弟の婚約者だ」

「あ……はい。こんなところでお会いできて、思いがけないことですが大変嬉しく……」

「堅苦しい挨拶はいいから、君らしくないよ」

アーベルはちっちっちと人差し指を振った。

君らしくないもなにも、アーベルと面と向かってきちんと話すのはこれが初めてといってもいいくらいなのに。フィーリアのなにを知っているのだろうと思ったが、きっと王宮内の噂《うわさ》は耳に入っているだろう。侯爵令嬢の腕に噛みついて失神させたとか、酷《ひど》いピアノの音を音楽室から響かせているだとか、回廊で躓《つまず》いて転んだ拍子に前を歩いていた婦人のかつらを派手に飛ばしただとか。

「フェリングになにか用なのかい？　ヴィンセントの姿は、幸いないようだけれど」

彼は異常なほどにヴィンセントのことを恐れ、彼と顔を合わせたくないあまり、しばらく放浪の旅に出ていたくらいだ。彼の祖父が死の病気で伏せていると聞いたのか王都へ戻って来て葬儀が終わるまで王宮に留《とど》まっていたが、また姿を消したらしいとは風の噂で聞いていた。しかしまさかこんな所で会うとは予想外だ。

「私は、皇太后様にお目通りを願い出るために参りました」

「奇遇だね。僕もそうなんだよ」

そうしてフィーリアの手を更に強い力で握る。人との距離の詰め方が強引な人だな、と思いつつ、不思議なことにさほど嫌悪感がない。

「わざわざ王都からフェリングへ来るなんて、お祖母様にそれほど重要な用事が？」

「そう、ですね……。先日、皇太后様にお手紙を差し上げたのですがそのお返事に、会いに来るようにと書かれておりまして」

「ああっ！　それお祖母様がよくやる手だよ！」

「は……？」

「自分から呼び出しておいて、のこのことやって来た人を門前払いにするんだ。特にこれ以上手紙のやりとりをしたくない人にやるかな？　手紙に『もう手紙を寄越すな』と書くより、自分から呼び出しておいて面会を拒絶した方が効果的に『お前が嫌いだ』と伝わるだろう？」

なんと腹立たしい人だろうか。さすがはヴィンセントの祖母である。

「今までもそんな人は何人か知っているけれど……でもまさか僕までが門前払いにされるとはね。これってかなり辛《つら》いね」

アーベルははははは、と乾いた笑みを漏らした。しかし、さして深刻そうに見えないのは彼の性格ゆえんだろうか。

「アーベル様、この方は？」

先ほどイレーヌと呼ばれていた娘がやって来て、不思議顔で小首を傾《かし》げた。

「ああっ、こちらはフィーリア、弟の婚約者なんだよ」

「弟……君の？」

「フィーリア、こちらはイレーヌだ。訳があって僕のところに身を寄せているんだ……と、こんなところで長話もなんだね。僕が逗留《とうりゅう》している屋敷へ行こう」

そうして、アーベルが身を寄せているという屋敷にまで一緒に行くこととなった。


「全く酷いと思わない？　お祖母様は『王宮内の一切を放り出して放浪の旅に出る者など、我が孫に持った覚えはありません』なんて言っているらしいんだ！　僕は決して無計画に旅をしていたわけじゃないのに。身分を隠して旅をすることで、市井の人々と交流していたんだ！」

その交流、というのが主に女性とであることを知っていたフィーリアは、その言葉に同意することはせず曖昧《あいまい》に微笑んでおいた。彼が多くの女性を引き連れて歩いているのを、王都から離れた街で目撃したことがあるのだ。しかし、余計なことは言わないでおくのが淑女としてのたしなみだろう、口に出すことはしなかった。

ここはフェリングの中心部にある、アーベルにゆかりがある屋敷だった。バロワ邸、とアーベルが言っていた。こんな見晴らしが良く周囲に建物がひしめき合っている所にどんっと庭付きの大きな邸宅を構えられるなんて、当主はかなりの身分だと予想する。自分が留守の間、この邸宅を好きに使っていいとアーベルに言っているそうだ。

アーベルとフィーリアは美しい庭園を望む広間のソファに座って話していた。

ロクは扉の前に立ってフィーリアたちを見守っており、クロッシアはこの屋敷に着いた瞬間から姿がない。屋敷を見たときから鼻息が荒かったので、今頃《いまごろ》屋敷の隅から隅までを見て回っているのだろう。

「アーベル殿下はいつからフェリングに？」

「殿下、なんて堅苦しい呼び方はやめてくれよ。アーベルでいい」

アーベルは朗らかに笑う。彼には自分の身分をかさに着て誰かに威張り散らすようなことはないのだろうな、と好ましく思う。

「で、ではアーベル様でよろしいですか？」

「あー、うーん、まあいいか。僕がフェリングへ来たのは一週間前かな？　居心地がいいんだよね、ここ。口うるさい家臣も侍従もいないし」

「それで、今日初めて皇太后様にお目通りを申し出に？」

「いいや。面会を申し出るのは今日で三回目だね。お祖母様は年を取ってからますます頑固になってしまって、困ったものだよ」

アーベルはやれやれと肩をすくめた。

「きっとお祖母様は誤解していると思うんだ。その誤解を解くためにもとにかく面会を、と申し出ているのだけれど、なかなか聞き入れられなくてね。まいったよ。それでフィーリアは結婚の許可を得るために来たって？」

「ええ、そうなのです。実は国王陛下に……」

フィーリアは自分の事情を説明した。アーベルは何度も頷きながら親身になって聞いてくれた。

「でもだったらヴィンセントの姿が見えないのはおかしくないかい？」

結婚の許可ならばふたり揃《そろ》ってもらいに来るべきだと思われているようだ。

「ヴィンセントは軍務長官の仕事が多忙なのと……それから、皇太后様に結婚の許可なんてもらう必要はないって」

「なるほど、彼らしいな。誰に反対されても自分の我を貫き通そうってことか。……でも僕はお祖母様にはきちんと挨拶をして、結婚の許可を得た方がいいと思うけど」

「私もそう思います！　やはり親族の方々にはきちんと認められて、みんなから祝福されての結婚でないと！」

「っていうか、お祖母様を敵に回すといろいろと面倒くさいからさ」

アーベルはソファの背もたれに肘《ひじ》をかけて、大きく息を吐いた。

「僕はヴィンセントの花嫁として相応《ふさわ》しいのはフィーリアをおいて他にいないと思うんだけどな。まともな神経をしていたら半月ももたないと思う。ところがフィーリア、君はもう十年近くヴィンセントと付き合っているというじゃないか。他に代え難い、希有《けう》な存在だよ」

「は、はあ……」

「それに、ヴィンセントがずっと独りだと王宮にいる娘たちの関心がずっとヴィンセントにいってしまうからね。ついこの間まではヴィンセントを異端視する者が多かったけれど、今では徐々に受け入れられつつあるから。あんなにヴィンセントのことを嫌っていた侍女頭が、嬉々としてヴィンセントのことを語るのを見て、僕は危機感を覚えたんだ！」

結局自分の都合かい、と彼が王子であることを忘れてツッコみたくなる。

こういう自分勝手なところはヴィンセントにとてもよく似ている。腹違いとはいえ兄弟《きょうだい》だな、と強く感じさせられた。

「とにかくお祖母様に会うことだね。お祖母様もフィーリアに会えば、いかにフィーリアがヴィンセントの花嫁として相応しいかが分かると思うよ」

「そうだといいのですが……とにかく、まずはお会いしないことには」

(どうやったら会ってくれるかしら？　マリアンヌ様にお手紙を出して、なにか手がないか聞いてみるのがいいかもしれないわね)

アーベルにはなにか手があるのかと聞こうとしたとき、

「アーベル様、お茶を淹《い》れて参りました」

ふと見ると、イレーヌが紅茶のセットを載せたワゴンを押してくるところだった。

ああ、美人が淹れてくれた紅茶を飲めるなんて至福だな、とその光景を眺めていたのだが、彼女の背後に居る者を見つけておののく。

まるで彼女を監視するように立つ大男が居るのだ。どういう者なのかと気になってしまう。それにイレーヌのこともだ。アーベルの恋人なのだろうか。

イレーヌは洗練された手つきで茶器をテーブルの上に並べ、そして琥珀色《こはくいろ》をした紅茶をカップに注いでいった。

「あの、イレーヌはどういった方なのかしら？」

「彼女とは街中で出会ったんだ。僕の運命の女神さ」

街中で出会ったよく分からない娘を屋敷に招き入れたということなのか。それはいくらなんでも迂闊《うかつ》ではないかと、さすがのフィーリアも考えてしまう。

「親類を頼ってこの街へ来たんだけど、その親類がどこかへ引っ越してしまったらしいんだ。行く場所がないみたいだから、彼女とその従者にこの屋敷に部屋を用意してあげたんだ」

紅茶を淹れ終わったイレーヌは、フィーリアへ向けて春の陽光のような笑顔を向けてきた。

「その、申し訳ありません。本来ならばこのように気軽にご挨拶させていただける身分ではないのですが」

酷く恐縮した様子ではあったが、背筋はピンと伸び全く物怖《ものお》じをしない眼差《まなざ》しで、高い身分の者にへつらうとか、そんな雰囲気はまるでなかった。

透き通るような金色の髪に病的なほどに白い肌。しかし頬《ほお》は健康的な薄紅色で、薔薇色《ばらいろ》の唇は蠱惑的《こわくてき》な気配すら漂っている。そこに居るだけで空気が変わるような、香り立つ美女だった。

王都でも王宮でもいろんな美女を見てきたが、イレーヌはその誰にも引けを取らない、一本筋の通った、見る者を虜《とりこ》にする美しさだった。

(かわいいっ！　これは、屋敷に招き入れたいというアーベル様の気持ちも分かる！)

しかしその輝くような美しさと対照的に、その後ろに立つ男はすっと冷え込むような雰囲気を纏っている。

見上げるような大男だ。今は壁際にさりげなく立っている。暗く濁った瞳をしていて、なにを考えているか全く読めない。

「あの、ブラッドのことは気にしないでください。彼は私に幼い頃から仕えてくれている従者なのですが、いつもこうなのです」

イレーヌは恐縮するように言う。フィーリアが彼へと視線を向けていたことに気付いたのだろう。

「あっ、ううん！　なにがあっても守ってくれそうな逞《たくま》しい従者だなと思っていただけ」

「そんな。フィーリア様にも逞しく守ってくれそうな方たちがついてらっしゃるではないですか？」

「ああ……、騎士団の人たちはね」

フィーリアはブラッドと比べたらクロッシアは、と思っていたのだが、それをわざわざ口に出すことはやめておいた。

「ところで、私はそんな堅苦しい身分ではないから、もっと気軽に話してくれると嬉しいわ」

「いえ、とんでもない。王子様と婚約されているのでしょう？」

「婚約者とはいえ、生まれは田舎《いなか》領主の娘だからそんなに気を遣ってもらう必要はないわ。イレーヌが嫌じゃなければ仲良くしたいな」

「嫌だなんてとんでもないです！　では、フィーリアと呼んでもよろしいですか？」

「ええ。もちろん。よろしくね、イレーヌ」

フィーリアが手を差し出すとイレーヌは恐る恐るその手を取った。その瞬間。

（ひゃっ）

心の中で叫んでしまったのはイレーヌの手がとても冷たかったからだ。彼女はフィーリアがそんなことを思っているとは当然知らないだろう、温かな笑顔を向け続けている。

「フィーリアの手ってとても温かいのね」

そりゃ、イレーヌの手がこれだけ冷たいのならば温かく感じるだろう、と思ったが笑顔で頷くだけにしておいた。

「それにとてもかわいい」

「え？」

聞き慣れぬ言葉だ、我が耳を疑った。旅の疲れが出ているのかもしれない。

「フィーリアをお嫁さんにしたいと思った王子様の気持ちがよく分かるわ。こんなかわいい子、手放したくないと思うものね」

　イレーヌはふふふ、と笑った。

　イレーヌみたいな美人にかわいいと言われても絶対にお世辞だと思う。

（女の子って、無責任に人のことかわいいとか綺麗《きれい》とか言うからなぁ）

　それは分かっているのだが、それでも嬉しいと思う自分がいた。

　たぶん、フィーリアの周囲には、自分の婚約者を筆頭としてお世辞にでもかわいいと言ってくれる人がいないからだろう。

「そっ、そんなことないわ。イレーヌの方がずっとかわいいし……」

「え？　そんなことないわよ。フィーリアの方が私なんかより何倍もかわいいし」

「そんなことないわよ！　絶対にイレーヌの方がかわいい」

「フィーリアの方がかわいいわよ」

　そんなきゃっきゃうふふな会話はしばらく続いた。

（フェリングに来た途端に皇太后様に門前払いに遭って気が重かったけれど、こんなふうに話せる人に会えて嬉しいな）

　フィーリアの心は弾み、沈んでいた気持ちが少し浮上した。

「……見ず知らずの娘と親しくなるのは、あまり賛成できません」

バロワ邸を出て、しばらく逗留する予定の場所まで移動する馬車の中で、ロクは慎重な口調できっぱりと言い切った。

「イレーヌのこと？　とてもいい娘じゃない。従者が付いているから家柄も良さそうだし」

私のことをかわいいと誉めてくれるし、という言葉は思っても口に出さなかった。

「そうでしょうか……。きちんとした教育を受けた娘ならば、街角で偶然会った男の屋敷に逗留しようなどと考えません。もしそう提案されたとしても、丁寧に断るのが普通です」

「そういうふうに言われると身も蓋《ふた》もないけれど。きっとアーベル様がしつこく誘ったのよ。イレーヌのことをとても気に入っているようだし。それに、第二王子だなんて身分がはっきりした方になら、頼っても大丈夫だと思ったんじゃないかしら？」

「我々は確かにアーベル殿下が王子だということを知っていますが、街角で出会った男が『僕はこの国の王子なんだ』と言って誰が信じます？」

ロクの言いようは頑《かたく》なだった。どうやら、イレーヌにすっかり心を許しているフィーリアになんとしても釘《くぎ》を刺したいようだ。

「フィーリアさんは団長の婚約者になったわけですから、もう少し自覚をお持ちください」

「誰彼構わず仲良くなってしまっては駄目ということかしら？」

「そういうふうに理解していただいて大丈夫かと思います」

「そう……ヴィンセントの婚約者って面倒くさいのね。いっそ婚約破棄しようかしら」

拗《す》ねたように唇を尖《とが》らせた。

花嫁修業も上手くいかず、それどころか結婚そのものが認められないのではという窮地に立たされ、友人付き合いも制限され、自棄《やけ》になってついそう口にしてしまったのだが。

「そっ、そんなことをおっしゃらないでください！　フィーリアさんがフェリングへ来ている間にお心変わりしたなんて団長に知れたら……！」

急に声を震わせたロクが気の毒になってしまった。確かにそんなことになったら、ヴィンセントはロクに八つ当たりをしそうだ。

「冗談よ。ただ、ちょっと疲れただけ。それに、このまま婚約者として国王陛下にも皇太后様にも認められずに泣きながら田舎に帰るなんて嫌だわ！」

「それを聞いて安心いたしました。しかし、イレーヌさんのことは心に留めておいてください。彼女の従者のことといい、少々不穏に感じてしまうのです」

従者の男……ブラッドのことはフィーリアも気になっていたので大いに同意できる。幽霊のようにぴったりとイレーヌに寄り添って歩く姿は、ただならぬものを感じる。

「フィーリアさんは、もうすっかりご友人のつもりでいるかもしれませんが、あまり深入りされない方がいいと思います」

「え、ええ……そうだけど」

「突然、こんなことを言って申し訳ありません。ですが、傷は浅いうちに、ではないですが、親しくなりすぎる前にひと言忠告したかったのです」

「心に留めておくことにするわ。ありがとう」

フィーリアはロクの方を見ずにそう言った。

だって、どう考えても心配しすぎだと思うのだ。イレーヌはこの世の薄暗いこととは一切無縁な気がする。

「ところで、皇太后様にお会いする件ですが」

「そうよね。それが一番の問題よね」

皇太后に会えずに王都へ戻ったフィーリアの顔を見て『だから言ったろう』と勝ち誇るヴィンセントの憎々しい笑顔が脳裏に浮かぶ。

「なんとかして宮殿の中へ入れないかしら？　侍女に変装してこっそりと忍び込むとか？」

我ながらいい案だと膝《ひざ》を打ちたくなったのだが。

「先ほども申し上げましたが、フィーリアさんは団長の婚約者となられたわけですから、そのような行為をされるのは少し……」

情けないとでもいうのだろうか。ロクは言葉を濁しつつ曖昧に微笑んだ。

「私の方で知り合いを頼って、なんとか皇太后様に会えないか試みてみます」

「じゃあ、ロクさんはそれをお願い！　私はノイヴィゼ宮殿へ行って、門番の方にもう一度頼んでみるから」

フィーリアは意気込んで言うが、ロクは気乗りしていない表情だ。

「仮にも第三王子の婚約者たる方が毎日のようにノイヴィゼ宮殿へ通い、門番に面会を掛け合うのは相応しくないかと」

「ええぇ？　だってアーベル様もやっているじゃない！」

「アーベル殿下は王子としては少し変わってらっしゃるので良いのです」

もっと変わった王子を上官に持った者とは思えぬ台詞を吐いた。

「もう一度皇太后様にお手紙をしたためるですとか、贈り物をしてみるですとかにしてください。私か、黒十字騎士団の誰かがそれを皇太后様にお届けします」

「そんな悠長なことでいいのかしら？　こう、もっと皇太后様にお会いしたいってことを大々的に働きかけた方がいいんじゃないかしら？」

「それは手を尽くしてから考えましょう。今はもう一度心を砕いたお手紙をお書きください」

「うーん……そうね」

そんな大人しい方法が通用するのかと思いつつ、まずはロクが勧めるようにしようと決めた。

ロクと話しているうちに、この街に居る間逗留することになる場所に到着した。馬車を降りた途端、予想はしていたが華やかさなどまるでない建物とずらりと並んだ野郎どもにうんざりとしてしまう。

「お待ちしておりました、フィーリア様！」

黒い制服の男たちが、耳を塞《ふさ》ぎたくなるような大声を上げた。

ああ、先ほどまでイレーヌと過ごした華やかな雰囲気は光の彼方《かなた》へ消えたなと感じる。

ここはフェリングの中心部にある黒十字騎士団の詰め所だった。国内の要所にはこのような詰め所があるそうだ。皇太后に会えるまでしばらく、ここに逗留することとなっているのだが。

「お嬢様、やはりアーベル殿下にお願いして先ほどの屋敷に逗留させていただきましょう。道端で出会った女性を逗留させているくらいです、お嬢様がお願いすればなんとかなるでしょう」

背後からクロッシアが話しかけてきた。そうね、それがいいわと言いそうになったのだが。

「いけません、あんな何者か分からない者が逗留している屋敷など。それに、団長からなによりもフィーリアさんの身の安全を、とくれぐれも申しつけられております。しばらくの間です、我慢してください」

「で、でも、第二王子が逗留している屋敷なのよ？　警備もばっちりじゃないかしら？」

「あのような屋敷、私ならフィーリアさんが朝食を食べている間に制圧する自信があります」

きっぱりと主張したロクを見て、そういえば彼は泣く子も黙る黒十字騎士団の副団長だったと思い出した。

「さあ、どうぞ。この街で一番安全な部屋をご用意しております」

有無を言わせぬ口調に、フィーリアは従うことしかできなかった。うんざりと俯《うつむ》きながらロクの後に続いて歩く。その両側に黒十字騎士団の者たちが立っていて、物珍しそうな目つきでフィーリアを見ている。彼らは普段フェリングに逗留しており、フィーリアとは初対面の者が多いので『これがあの団長の婚約者！』と思っているに違いなかった。

（あー、早く皇太后様に認められて王都に帰りたい……）

建物は三階建てで、飾り気のない灰色の壁をしていた。建物の中も、予想通りなんの華やかさもない、火薬と汗の臭《にお》いが染み付いたあまり長居をしたいと思わない場所だ。しばらく王宮で暮らしていたのでその落差は大きい。

案内された三階の部屋は生活する最低限のものしかなく、しかも窓には鉄格子がはまっている。ごつごつとした石が剥《む》き出しになった壁に低い天井、なんとも息苦しい。

「……この部屋、もしかして監禁部屋かなにかかしら？」

扉が頑丈な鉄製で、外側に錠前までついていたのだ。

「いいえ、そんな物騒な部屋ではありません。高貴な血筋の方を保護する必要があるときに逗留していただくための部屋です」

「うーん、監禁部屋とあまり変わらないような」

「これでも、フィーリアさんのためと団員たちに指示して、それらしい調度類を用意させたのですが」

　そう言いながらロクは部屋を見回す。戦闘にしか興味がない団員たちががんばったのだろう、明らかに周囲の雰囲気から浮いた猫脚の机と椅子《いす》があり、暖炉の上の花瓶には花が生けてあった。その気持ちは嬉しいが、それでも監禁部屋との印象は拭《ぬぐ》えない。

「しばらくはこちらで我慢してください。皇太后様にお会いできるまでは」

「そうね……。そういえばクロッシアはどこへ行ったか知っている？」

「ええ……ちょっと街を見てくるとおっしゃっておりましたが」

　クロッシアのちょっとは二日か三日くらいだろうなと思いつつ、フィーリアはベッドに腰を下ろした。そうして改めて部屋を見回し、一刻も早くここから出るためにも迅速に皇太后に結婚を認められなければ、ということにしようと決めた。

（結婚を認められないことには、花嫁修業もなにもないものね……。そういえば、お茶会で詩を披露せずに済んだのは幸運……って、そんなことを喜んでいる場合ではないわ）

　フィーリアは頭をぶんぶんと振って、余計な思考を頭から追い出した。

（そうだ。もしかして、花嫁修業をしてきちんとした淑女となってから面会を申し出るべきなのかしら？　ああっ、頭がぐるぐるするっ）

　フィーリアはベッドにこてんと横になった。

　なんともやりきれない気持ちを抱え、フェリングで過ごす初めての夜は更けていった。

第三章　私、課題に挑みますとも！

「ああ、もう駄目。皇太后様《こうたいごう》に会うなんて不可能だわ。そもそも、私は名前もあまり知られていない田舎《いなか》貴族の娘なのよ？　そんな娘が恐れ多くも皇太后様にお会いしようだなんて、最初から無理があったのよ」

フィーリアは木製の長テーブルに突っ伏しながら、足をぶらぶらとさせていた。

ここは騎士団詰め所の食堂だった。フィーリアの周りでは汗臭い騎士団員たちが、もっとたくさん飯を寄越せだとか、お前の皿の方が量が多いとか、くだらない争いを繰り広げている。

初めは部屋まで食事を運んでくれたのだが、侘《わび》しい部屋でひとり食事をとっていると気持ちが落ち込む。ならば騒がしいところで食事をした方がまだいいと、騎士団員たちと一緒に食事をするようになっていた。

今日《きょう》のメニューは塊肉を蒸したものに潰《つぶ》したじゃがいもだった。牢獄《ろうごく》ご飯ではなかろうか、と白目になりながらも味は悪くないので美味《おい》しくいただいていた。

そんなフィーリアを見て団員たちは、

「どこのスカした……いや、すました令嬢かと思っていたら俺《おれ》たちと一緒に同じ食事をとってくれるなんて！」

「こんなに庶民的で、親しみやすい方だとは思っていなかった」

「さすがヴィンセント団長が選んだ女性だけある！」

フィーリアの騎士団内の人気は急上昇中だった。なにがあっても俺たちが守りますからと暑苦しく言われて、嬉《うれ》しいのだがいかつい野郎たちに慕われてもな、というのが本音だ。

フェリングにある黒十字騎士団の詰め所は、普段は十名ほどが在籍しているのみだが、フィーリアがフェリングへやって来るということで臨時に数を増やし、王都からフィーリアに同行して来た者と近隣からの応援も含めて現在三十名ほどが居る。『俺の自慢の筋肉を見てくださいよ！』などと、謎《なぞ》の自慢をしてくる男たち三十人との共同生活は華やかさとは無縁のもので、フィーリアはさっそく王都での暮らしが懐かしくなった。

フェリングに来てから五日、ロクに言われたように手紙を書いたりちょっとした贈り物をしたりしたが、皇太后からの反応はなかった。

『身分の低い娘の手紙になど、目を通すことすら煩わしい！』

そんなことをあの宮殿の中で言われ、高笑いをされているような気がした。

「もう手段を選んでいる場合ではないわ。だって相手はヴィンセントのお祖母様なのよ？アーベル様も面会を申し込み続けているのにまだお会いできていないようだし」

アーベルとは何度かノイヴィゼ宮殿の前で会った。そして常にイレーヌとその従者であるブラッドも一緒だった。男臭い騎士団の詰め所に逗留《とうりゅう》しているフィーリアにとって、イレーヌと会えることは心弾む出来事で、会う度《たび》に親しく言葉を交わした。

「そうですね、私も知り合いを頼ってみたのですが、時間を無駄にしたくないのならば諦《あきら》めて帰るのが得策と言われました」

「そこまで言われるなんて……。マリアンヌ様が皇太后様のことを頑固者と言っていたけれど、こうと決めたらなかなか覆《くつがえ》さない方のようね」

「そろそろ次の手に出てもいいとは思うのですが」

ロクは腕を組み、なにか考えるような表情となった。きっといい方法を提案してくれるだろうと期待しながら彼のことを見ていた。

「ところでロクさんは結婚しないの？」

「とっ、唐突な質問ですね。今のところ予定はありません」

上官の婚約者のためと努めてくれる真面目《まじめ》な彼に守られたいと思う女性が世間にはたくさん居ると思うのだが。

「どうして結婚しないの？　相手なんていくらでも見つかりそうなのに」

「……まだその話題を続けますか。仕事が忙しくてそのような女性と知り合う機会がないのです。いずれは身を固めたいとは思いますが」

「ロクさんはどんな女性が好みなのかしら？　イレーヌみたいな美しくて可憐《かれん》な女性？　それとも、ぐいぐい引っ張ってくれるような逞《たくま》しい女性かしら？」

「女性とは、ご自分のご結婚が決まると周囲に世話を焼きたがるものなのでしょうか？　お気遣いいただかなくても大丈夫です。もっとはっきり申し上げれば、余計なお世話です」

そこまで言われるとなんとも反論のしようがない。恐らくは、家族や友人に会う度に同じようなことを言われてうんざりしているのだろう。

（なんだか、ロクさんには苦労かけてばかりな気がするから、せめて結婚相手はステキな方を、と思うのが大きなお世話なのかしら）

「ロクさんは苦労を背負い込む体質なので、女運は最悪な気がします」

突然の声に、騎士団の誰《だれ》が上官に対していらんことを言っているのだと思って見ると、そこに座っていたのはクロッシアだった。

「うわ、びっくりしたわよクロッシア。久しぶりに顔を見た気がするわ」

「昼間からこんなむさ苦しい食堂で鬱々《うつうつ》としてどうされたのですか、お嬢様。もう皇太后に会うのは諦めたのですか？」

五日ぶりに顔を出したと思ったらこの呑気《のんき》な台詞《せりふ》である。

どうやらクロッシアは詰め所には帰って来ていたようなのだが、フィーリアの所へ顔を出すことはなかった。朝、フィーリアが起きるよりも早くに街へ出掛けて、夜中に帰って来るという生活を続けている、とロクから呆《あき》れたように報告された。

「諦めていないわよ。手紙作戦は功を奏しなかったから、今は別の策を練っているの。それより、あなたは五日も主人である私をほっぽり出して一体なにをしていたの？」

「決まっているではないですか。フェリングにある歴史深い建物を見て回っていたのです」

クロッシアは目をギラギラとさせながら語っていく。

「さすが歴史ある街です、前時代の名残を感じさせる建物が多かったですね。特に見物だったのは街の中心部にある、今から三百年前に建てられたという教会です！　祭壇にある燭台《しょくだい》が素晴らしかった。その教会を建設したという大司祭が遺《のこ》したものなのですが、あんな微細な彫刻を施せる職人は百年に一度出るか出ないかでしょうね。それから、港に小さな灯台があるのですがそれも興味深いものでした。この街ができたときからある灯台で、そうと知らなければ見逃してしまうほどでしたが、古びた煉瓦《れんが》造りに歴史の息吹を感じました。さすが五百年もの歴史があるという街で……！」

彼の話は延々と続いていった。

フィーリアはそれを聞き流しながら、どうやったら皇太后に会えるかを考えていた。

「……で、思ったんですけど、手紙に書いてある『まずは私に会いに来なさい』って、会えるものなら会いに来てみろってことじゃないですかね？」

「え、なっ、なんの話かしら？　急に話が変わったような」

「たまには従者の話を真面目に聞いてください。どうしたら皇太后に会えるか考えているんじゃないですか！」

クロッシアなんかに叱責《しっせき》されてしまった。なんだかとても面白くないが、途中から話を聞いていなかったのは確かなので、素直に応じておく。

「それで、会いに来てみろって？　私、挑戦されているってこと？」

「そう思います。ならば、どんな手段を使っても会いに行くべきだと思います」

「そ、そうなのかしら……」

「お嬢様は皇太后のことをどれほどご存じですか？」

「どれほどって……言われてみればそう詳しくはないけれど」

「まずは敵のことを知らなければなりません」

そうしてクロッシアは皇太后についていろいろと教えてくれた。

マルヴィナ皇太后はかつての大国レクエルダの第一皇女で、十八のときにプロイラ王国へ嫁いできた。美しい容姿に洗練された立ち居振る舞いと毅然《きぜん》とした態度で国民からの支持も厚く、その後二男三女をもうけると将来の国母として確固たる地位を固めた。

やがて先々代の国王が逝去し、先代の国王であり、マルヴィナの夫であるダグラスが国王となると、国王を支える良き王妃としての手腕を発揮する。

「ダグラス国王は芸術や文化への関心が高いという、俺としては賞賛すべき王だったのですが、政治への関心は薄かったようで、いまいち手腕を発揮できませんでした。当時のマルヴィナ王妃がいろいろと助言をしていたらしいですよ。他国から嫁いできた女の分際で、なんて声もあったらしいですが、それはどんどん小さくなっていったとか。それには五月会議を成功させたことが大きかったようですね」

五月会議とは、当時敵対していたヴォルデン国とプロイラ王国との有名な会議だ。戦争か、回避か、と両国民のみならず周辺諸国までもがその会議の行方《ゆくえ》を固唾《かたず》を呑《の》んで見守っていたが、結局両者が歩み寄って和平条約を結び、その後も二国の友好関係は続いている。

「皇太后の故郷であるレクエルダ王国は四十年ほど前にロスギルド国に攻め込まれて滅びました。そんな故郷の国の二の舞になることを避けたかったのか、皇太后の主導でプロイラ王国の軍隊が強化されたそうです。今のプロイラ王国に強力な軍隊があるのは皇太后のおかげです」

そんな事情のせいか、マルヴィナは次代の国王、つまり自分の子供は芸術に心を傾けるよりも、政治や軍事に関心がある強い国王にしようと、長男であるアーヴィングを厳しく教育したのだという。

アーヴィングは他者に届しない強い王となったが、先のマノン王国との戦争を長引かせ、国力を衰退させてしまった。これにはマルヴィナ皇太后も業を煮やしていたのだという。

「そこへ颯爽《さっそう》と現れて、あっという間にマノン王国を打ち破り、戦争を終結させたのがヴィンセントの旦那《だんな》というわけです。そんな頼りになる孫が現れ、これでプロイラ王国も安泰だと思った矢先、身分も高くない、聡明でもない、聖女のように清らかでもない、カリスマ性もない娘が婚約者として登場！」

「……って、それって私のこと？　どういう意味よ！」

主人を主人とも思っていない言葉に、そろそろ本気で解雇を考えた方がいいと思う。

「……というわけで、皇太后がお嬢様に会いたくない気持ちは分かりましたか？」

「ええ、そうね……」

「更に言えば、皇太后は病弱な長男、女狂いの次男を差し置いてヴィンセントの旦那を国王にと考えているようです。酒場で会った、宮殿で働いている口が軽い侍従に話を聞きました」

「はあ？　ヴィンセントを国王にですって？　まさかそんな」

考えられない、とフィーリアは思わず笑ってしまうほどだ。彼が国王になんてなったら、せっかく平和になったこの国が軍事国家まっしぐらである。そんなことあり得ない。

「……いえ、そのようなことも、あるかと思います」

今までクロッシアの話をじっと聞いていたロクが口を挟んできた。

「皇太后様がそのようにお考えだということは、私も耳に挟んだことがあります」

「なので、ヴィンセントの旦那の妻となる人は同時に、この国の王妃となる方だということです」

「言われてみれば、確かに。これは一筋縄ではいきそうもありませんね」

クロッシアのおかげで自分の置かれている立場が理解できた。フィーリアは今、皇太后的には未来の王妃候補にされているようだ。古い家柄の娘とはいえ、皇太后からしたら吹けば飛ぶような血筋の娘を王妃にできるはずないとの気持ちなのだろう。フィーリアとしても賛成である。王妃になる、となると、フィーリアには荷が重すぎる。

(王妃だなんて、そんな大それた……ただ孫の嫁として認めてもらいたいだけなのに……)

しかしヴィンセントの立場を考えると、それでは駄目なのだろう。

「そもそも、正攻法ではお嬢様には皇太后に会うという扉は閉ざされているのです。ならば、力ずくで会いに行くべきです」

クロッシアの力説についつい頷《うなず》いてしまい、これで駄目ならば大人しく王都に帰ろうと自分で諦めがつくような、大胆な方法を取ろうと決めた。

決行はその日の夜ということになった。

警備が手薄な夜のうちにノイヴィゼ宮殿へ侵入し、皇太后に無理矢理会うことにしたのだ。

最初、ロクはとても同意しかねるという態度だったが、フィーリアが懸命に説得すると『あの団長のお祖母様ならばそういう考えもあるかもしれませんね』というところに落ち着いた。

そしてクロッシアがノイヴィゼ宮殿の見取り図を描き、ロクが黒十字騎士団を使って宮殿の警備体制を調べさせて、離れにある小屋から侵入することとなった。

その小屋は、宮殿の地下にあるワイン倉の搬入口になっていた。宮殿の敷地内には葡萄園《ぶどうえん》があり、そこで穫《と》れる葡萄で毎年ワインが造られているそうだ。

まずは真っ黒い馬車を宮殿の裏手に横付けし、その屋根から外壁に飛び移り宮殿の敷地内へと侵入する。

衛兵たちが外壁を見回るのは二時間おきだと決められており、それ以外の時間ならばすんなりと侵入できるだろうとのことだった。

そして、裏手の森から地下へと通じる小屋へと移動し、鍵《かぎ》を開けて中に侵入する。ちなみに、その鍵開けはロクの役目だった。騎士たるもの、鍵開けのひとつやふたつできなければならないのだろうか……いや、夜襲を得意とする黒十字騎士団ならではだろう。そして、そこに念のために見張りの騎士をひとり置き、フィーリアとロクは地下道を通って宮殿へ侵入する。

出口は宮殿の厨房《ちゅうぼう》だ。夜間は人がいないはずなので見つかる可能性は低い。

あとはフィーリアがひとりで行くこととなる。ロクはいざというときの脱出経路を確保するために別行動となる。

(上手《うま》くいくといいけど)

少しの不安を抱えながらの決行だったが、宮殿に入るところまではすんなり進んだ。

「やったわね、もう成功したようなものだわ」

ひそひそ声ながらはしゃいでロクに話しかけると、

「……油断は禁物です。最後まで気を抜かないように」

冷静な声で返されてしまい、フィーリアは口を閉じて頷いた。

厨房には予想通り人影はなく、ひっそりとしていた。しかし、あと数時間で窯《かま》に火を入れるために料理長がやって来る。ゆっくりはしていられない。

次の行動に移ろう、としたところでどこからか足音が聞こえてきた。ロクの指示でその場にしゃがみ込み、暗闇《くらやみ》の中でじっと息を潜めていた。

足音はどんどんこちらへと近付いて来る。衛兵の見回りの時間ではない、もしかして侵入に気付かれたかと肝を冷やした。

やがて足音は厨房の前で止まり、ぎぃ、と音を立てて扉が開いた。

見上げるような背丈の衛兵だった。手にはその背丈を超える長い槍《やり》を持っている。

（や、やっぱり気付かれたのかしら？）

高鳴り始めた心臓の音すら聞こえてしまうのではないかと気が気ではない。衛兵はフィーリアたちが隠れている棚の前を通り過ぎ、作業台の前で立ち止まった。その場にしばらく留《とど》まった後、

「ちっ、パンでも余っていると思ったが」

そう言い捨てて、元来た扉から出て行ってしまった。

どうやら夜警の途中で腹が減って、なにかないかと厨房へやって来たが諦めて持ち場へ戻ったようだ。フィーリアは安堵《あんど》のため息を吐き出した。

「さあ、あとはフィーリアさんおひとりで」

ぼやぼやしている場合ではなかった。ロクに促され、フィーリアは大きく頷いた。

厨房の壁に秘密の出入り口があり、そこは皇太后の部屋がある三階まで繋《つな》がっているはずだ。ロクはその出入り口に鍵がかかっている可能性を考えてここまでついて来た。案の定、鍵はかかっていたが、ロクはこんな真っ暗闇の中、細い金属の棒ひとつで難なく扉を開けた。

「じゃあ、行って来ます」

フィーリアは靴を脱いで両手に持った。靴音が階段に響くといけないからだ。

そうして足音を忍ばせながら狭い階段を上がり、三階にまでたどり着いた。

三階の鍵はかかっておらず、そっと扉を開けて様子を確かめるとそこは書斎かなにかのようで、壁に沿って書棚が並んでいた。人影はない。

部屋へ入って扉を閉め、続き間の先にある皇太后の部屋へと息を潜めて歩き始めた。

皇太后の部屋の手前には侍女たちが控える部屋があるはずだ。そこが一番の難所だ。侍女に見咎《とが》められ、衛兵を呼ばれたら終わりである。

皇太后の部屋まであとひとつ。フィーリアは中の様子を確かめるようにそっと扉を開けた。

正面に皇太后の部屋へと続く扉が見える。そして、その扉の前に座る人影を見つけ、ぎょっとして思わず扉を閉めてしまった。呼吸を整えてからもう一度そろそろと扉を開けて見ると、侍女が椅子《いす》に腰掛けたまま寝ているのが見えた。

いざというときの寝ずの番だろう。近くにその他《ほか》の者の姿はない。

そっと彼女の横を通り過ぎて扉を開ければ、そこはもう皇太后の部屋である。

フィーリアは決意を固め、床に這《は》いつくばって匍匐《ほふく》前進を始めた。物音に気付いたとしてもなかなか床へは視線を向けまい、という考えだった。

衣擦《きぬず》れの音が微《かす》かに響く。そんな音でも侍女を起こしてしまわないだろうかと気にしながら慎重に進む。

そして侍女の足許《あしもと》すぐ近くまでたどり着くと、一旦動きを止めて彼女がすっかり寝入っているのを確認してからその横を通り過ぎた。

そして立ち上がり、扉を開けようとしたところで。

ガチャリ。

金属音が響き渡り、内側からゆっくりと扉が開いた。

フィーリアはまだ床に這いつくばった状態だ。その状態で扉を見上げる。

そこには初老の女性が燭台を手にして立っていた。蝋燭《ろうそく》の揺らめきに照らされた顔は、少し恐ろしげに見える。女性にしては背が高い。そこに居るというだけでなんともいえぬ威圧感が

あった。銀色の髪に鋭い蒼色《あおいろ》の瞳、大きな鷲鼻《わしばな》は誇り高き一族が継承してきた王者の鼻、とでもいうべきものであった。

（こっ、この人が皇太后様？）

瞳だけがこちらを向いた。なんの感情も灯《とも》していない、冷たい瞳だと感じた。

真夜中に見知らぬ娘が這いつくばっているのを見ても、叫ぶどころか顔色ひとつ変えない。ただじっと、フィーリアのことを見下げていた。

（ええぇいっ！　ままよ！）

フィーリアは決意を固めた。このまま逃げ出すようなことはできない。

「会いに来いと言われたので、会いに来ました！　フィーリア・ブラウです！」

フィーリアは立ち上がり、堂々と宣言をした。

すると皇太后はふっと笑みを漏らし、

「あら、やっと来たのね。待っていたわ」

少しの焦りも感じさせない、ふてぶてしい笑顔だった。

これからこんな人と渡り合わないといけないのか、と思うとフィーリアはとても気が重くなるのだった。

皇太后の部屋とはどんな豪勢なところなのだろう、と思いを巡らせていたのだが予想外に質素なものだった。執務机にソファにテーブルに書架という、余計なものは一切置かない、という軍人のような無骨さを感じさせる。

あれから、今夜は宮殿に泊まるようにと部屋を用意してもらった。どうやら、会いに来いとは本当に皇太后がフィーリアに与えた試練だったらしく、どんな方法を取ったとしても会いに来れたのだから迎え入れる、という心づもりのようだった。

そして朝になると侍従がやって来て、朝食を用意したから食堂に来るようにということと、それが済んだら皇太后の部屋へ行くようにと告げられた。

やっとちゃんと会って話をすることができるようだ。フィーリアは早めに朝食を済ませて、それからすぐに皇太后の部屋へと向かった。

フィーリアは応対した侍女に暖炉近くのソファに座るようにと促され、そこに腰掛けてからしばらく経《た》つのだが。

「来る部屋を間違えた、ということではないわよね？」

思わず独りごちてしまう。

果たして本当にここは皇太后の部屋であるかという疑念はなきにしもあらずで、しかし侍従が案内し、侍女が対応してくれたので間違いないだろう。だが、呼び出されたはずなのに部屋の主《あるじ》はおらず、いくら待っても一向に現れる気配がないとはどういうことだろうか。

皇太后の朝は遅く、昼近くになってから起き出して朝食をとるとか、そういうことだろうか。あるいは、なにかの問題が発生してその対処に忙しいとか、きっと来ようと思っても来られない事情があるのだとフィーリアは辛抱強く待った。

待ちすぎて日が暮れてきた。

それでも待った。

やがて青い闇に支配された部屋に、フクロウの鳴き声が寂しく響いてきた。

(私……なにしているのかしら?)

暗い部屋にぽつんとひとり放置されて、人生について考えてしまう。このままヴィンセントの嫁となっていいのだろうか。もっと別にいい人生があるのではないだろうか。例えば意地悪な大姑《おおじゅうと》がいない家へ嫁ぐだとか。

「あっ、お嬢様。こんなところに居たんですね」

気が付くと隣にクロッシアが立っていた。ここは皇太后の部屋のはずなのに、そんなに気楽に入って来て良いのだろうか。

彼は今朝《けさ》早くにフィーリアを訪ねて来た。上手く宮殿に入れた事情を話すと生返事でそれを聞き、話が終わるとすぐにどこかへ行ってしまった。宮殿を方々見て回りたくてうずうずしていたのだろう。

「私は、皇太后様をお待ちしているんだけれど」

「え？　皇太后ですか？　つい先ほどまで俺と話してましたけど」

「はあ？」

怒気をはらんだ声で眉根《まゆね》を寄せてしまう。なぜフィーリアを待ちぼうけにさせて、その従者と話しているのか。

「なんだか全然怖い人ではありませんでしたね。芸術に関する関心が高く、いい人でした」

「ちょっと待って。私は皇太后様に呼び出されてずっとここで待っていたのだけれど」

「え？　そうだったんですか？　暗い部屋の中で人生考え直しているんだと思いました」

「それは当たらずとも遠からずだけど！　……そうね、きっとわざとね。あの人はそういう方なのね」

そもそも、皇太后に呼び出されて王都から遠く離れたフェリングへ来たのに門前払いを食らった。それを考えれば、面会の約束をすっぽかされるなど小さなことかもしれない。

「もう今日はいろいろありすぎて疲れたわ。もう帰ります」

「そうですね、俺も宮殿をあちこち見て回って疲れましたー」

「クロッシアはいつでもどこでも呑気でいいわよね。いっそ羨《うらや》ましいわ」

「そんな羨望《せんぼう》の眼差《まなざ》しを送られても」

「これは呆れているって視線よ！　やっぱりあなたは誰かの従者だなんて向いてないわ。建築の道にでも進んだらどう？」

「あー……ええ。それもそうなんですけどね」

彼らしくなく言葉を濁した。

クロッシアにはクロッシアなりの考えがあるのだろうか。しかし、そんなことを考える余裕が今のフィーリアにはなかった。


翌日も、フィーリアは朝から待ちぼうけを食らわされていた。

騎士団の詰め所から朝早くに宮殿を訪れると、すんなり待合室に案内され、やって来た侍従に昨日《きのう》は事情があって対面できなかったが、今日こそはとの伝言を聞き、皇太后の部屋に通されたというのにこのザマである。

「どうしようロクさん……私だんだん腹が立ってきたわ。皇太后様に対して、淑女らしくないことよね」

フィーリアの警備のためと壁際に立ち、一緒に待ちぼうけを食らっているロクへ話しかけた。

ちなみにクロッシアも一緒に宮殿に来たのだが、気が付いたら姿がなかった。

「そうですね、皇太后様のように高い身分の方との面会を申し出てもすぐには叶《かな》わず、何日も、ときには何ヶ月も待たされたという話は聞いたことがありますが」

「えぇぇ、そうなの？」

「しかし今回は皇太后様からの呼び出しに応じてこうして来たわけですから。そこで二日も待たされて、憤る気持ちは分かります」

「そうよね！　こうなったら自分から皇太后様を捜しに行くわ！」

意気込んでソファから立ち上がり、ロクを伴って部屋から出た。

とりあえずクロッシアを捜し出して宮殿の案内をするようにと申しつけた。クロッシアのことだから、もう宮殿の端から端のことまで分かっているだろうと思ったらその通りだった。その上、だ。

「皇太后なら今の時間は温室に居るんじゃないですかね？　日課だそうですよ、温室の花に水をやったり、手入れをするのが」

「なんでクロッシアがそんなことを知っているのよ」

「お話ししたからです」

「どうしてそんなに皇太后様とお話しできるの？」

私は会うこともろくにできないのに、と暴れたい気持ちだ。

「んー、宮殿の広間の隣に小部屋があるんですけど、そこにあった女神の置物があまりに見事だったので見惚《みほ》れていたのですよ。そうしたらたまたま通りかかった皇太后に話しかけられて『その置物の価値が分かるなんて、あなたやるわね』的な？　そんなこんなでずいぶんと長い時間話し込んでしまいまして」

さらっと答える我が従者が憎らしい。その時間も、フィーリアは待ちぼうけを食っていたというのに。

「それから、宮殿の中を案内してくださいました。有名な画家が描いた肖像画を見せていただいたり、故郷の国から運ばせたというピアノも見せていただきました。これが装飾が凝った見事なもので！　音は少々外れていましたが、長い年月を経てきた厚みを感じさせられました」

「……皇太后様を連れ回してたのはクロッシアさんでしたか。意外なところに敵がいましたね、フィーリアさん」

ロクはクロッシアの従者としてのあれこれはもう諦めているような口調だ。

それはともかく、どうやら皇太后はかなりクロッシアのことが気に入ったようで、それならば利用するより他はないだろう。

(今はお嬢様としての誇りが、なんて言っていられないものね)

そしてクロッシアに案内され、宮殿の裏手にある温室へとやって来た。


「あら、そうだったわね。確かにあなたと面会の約束をしていたような気がするわ」

皇太后は手に剪定《せんてい》バサミを持ち、薔薇《ばら》の様子を確かめながら余分な葉や小枝を切っている。

温室にはパチン、という小気味よい音が響き渡っていた。

温室は全面ガラス張りになっていた。高い天井はアーチになっていて、放射状に組まれた黒い外枠が美しい幾何学模様を描いている。外は外套《がいとう》がなければ身が縮まる寒さだが、温室の中はほっとする暖かさで、むせかえるような薔薇の香りに満ちていた。

（わざわざ侍従を使って呼び出しておいてこの言いぐさ！　許せぬ！）

そう思いながら顔は笑顔を崩さない。

マリアンヌの淑女教育が生きている。どんな嫌な相手を前にしても表面上は穏やかなふりをするのが淑女たる者！なのだ。

「どうか、私とヴィンセントの結婚を認めてください！」

「前置きもなくいきなり本題？　まあ、そういうのは嫌いではないわ。回りくどいよりはね」

皇太后は少し太めの枝にハサミを入れる。ひときわ大きな音が高い天井に響き渡った。

「なかなかお会いしてくださらないので、ここへ来る途中で考えた素晴らしいご挨拶《あいさつ》は割愛させていただきました！」

「そんな素晴らしい挨拶があなたの口から出るとは思えないけれど。まあいいわ」

皇太后はわざとらしいほど大きく嘆息した。

「私はあなたたちの結婚を認めるつもりはありません」

きっぱりと言い捨てられ面食らうが、この状況は予想していた。すぐに気を取り直して問う。

「どうしてですか？　理由を教えてください」

「あなたが我が孫の嫁として相応《ふさわ》しくないからです。大貴族の後ろ盾を得られるわけでもない、実家が裕福で金銭的な援助を受けられるわけでもない。優れた会話術を持ち王宮内の人間関係を円滑にするような能力もない、周囲を全《すべ》て従えてしまうような生来のカリスマ性があるわけでもない」

「うぅぅぅ」

ぐうの音も出ないとはこのことだろう。

しかし、フィーリアはそれでも食い下がる。

「お言葉ですが、結婚とは両者の気持ちがあってこそ！」

「夢見がちなのね。若い女性にはありがちなことだけれど。王族の結婚と、庶民の結婚とは違います。庶民同士の結婚だって、家の都合でなされることが多いでしょう？　あなた、そんなことも分からないの？」

それは重々承知している。

しかし、フィーリアにとっての武器は今のところ『ヴィンセントが自分を結婚相手に選んでくれた』しかないのである。

皇太后はわざとらしく大きなため息を吐き出した。こんな常識もわきまえない娘と話すのは疲れるばかりだわ、と思われている気がするのは考えすぎだろうか。

「ヴィンセントは国王陛下が選んだ婚約者を袖《そで》にしてしまったわけで。過去にも隣国の王女様につれない態度を取って結婚の話をご破算にしたなんてことも聞いています。私以外にヴィンセントの嫁になれる人なんていないと思います！」

「あら、あなた意外と言うわね」

そこで初めて皇太后はフィーリアの方を見た。

冷たいヘビのような視線に体中に怖気《おじけ》が走る。しかし、フィーリアは視線を逸《そ》らすことなくまっすぐに皇太后の顔を見据えていた。

（こっ、ここで目を逸らしたら食われる！）

野性の本能がそう告げていた。

「アーヴィングが用意した花嫁候補のことは聞きました。ただ、残念ながらあの娘たちでは、と思っていました。他に、ヴィンセントに相応しい者の心当たりがあります。美しく、賢く、そして家柄もいい娘がね」

「確かに私より美しく賢く家柄もいい娘はたくさんいるでしょう。ですが、問題はその娘をヴィンセントが嫁にする気になるか」

「いざとなったら、力ずくでも結婚させるわ。そう、どんな手を使ってもね」

皇太后の瞳がきらりと光った。

それはそれで見てみたい気もする。ヴィンセント対皇太后。さすがのヴィンセントも歴史の荒波を乗り越えてきた猛者《もさ》を相手に、苦戦を強いられるだろう。

「でも、まあ。そうね。その縁談が上手く運ぶとは限らないわ。先方が気を変えてしまう可能性もあります。なにしろ、あなたと違って引く手あまたの女性だから」

ああ、そうでしょうよと見ず知らずの女性につい対抗意識を燃やしてしまう。モテないことは分かっているが、勝負もしていないのに負けを認めるのは悔しい。

「あなたには機会を与えてもいいわ。ヴィンセントがそんなに気に入っている娘ならば、私には全く、小指の先ほども、その魅力が分からないけれど、なにかあるのかもしれないわ」

「では私が皇太后様に認められるにはどうしたらいいのですか？」

腹立たしい気持ちを抑え口角を小刻みに震わせながらも、殊勝な態度で尋ねてみる。

「そうね。課題をこなすことね」

「課題、ですか？」

「まず、私に会いに来るという課題はこなせたので、新たに課題を与えます」

会いに来いとは課題だったのか。知らぬうちにそんなものに挑んでいたようだ。

「では、新たな課題を言い渡します」

皇太后はその年にはおおよそ似つかわしくない、不穏な笑みを浮かべた。


皇太后から課題を言い渡されたフィーリアは、皇太后がいなくなった後も温室の椅子に腰掛けて、うんうん頭を悩ませていた。

『小さな友人が明日《あす》私を訪ねて来ます。大切な客人です。そのもてなしをしなさい』

「小さな友人って。子供のことかしら？」

「お嬢様は大人《おとな》相手よりも子供の方が得意じゃないですか」

クロッシアはフィーリアの隣に腰掛けてぼんやりと天井のアーチを見上げていた。

「そうね。マナーやしきたりにうるさい、高貴な女性を相手にするよりはずっといいわ。子供が喜びそうなかわいいお菓子や、果実を搾《しぼ》った飲み物を用意すればいいかしら？」

「……子供には棒キャンディーでも適当に与えておけばいいんじゃないですか？　あいつら、何時間でも舐《な》めてますよ」

「そういうわけにはいかないわよ。皇太后様のご友人ということは、それなりの身分にある方のお子様に決まっているわ。さっそく、今から準備をしないと」

フィーリアは立ち上がり、すぐに明日のためにと準備に取りかかった。

しかし、そんな準備など全て無駄だったということは、その小さな友人と対面した途端に判明するのである。

「さあ、ベンジャミン。今日はこのお姉さんが相手をしてくれるみたいだから。思いっきり遊んでもらいなさいっ」

慎ましやかな夫人に手渡された鎖の先には、赤い歯茎《はぐき》を見せてウーッと唸《うな》り声を上げる、黒い毛並みがステキなお友達がいた。

(小さいって！　確かに人間と比べたら小さいけれど、犬としたら超巨大じゃない？)

体高がフィーリアの胸まである猟犬だ。主人でも持て余しているように見える。

「私たちはゆっくりとお茶の時間を楽しんでいるから、ベンジャミンはそのお姉さんと遊んでもらいなさいね」

皇太后と貴族の夫人は、軽やかな足取りで宮殿の中へと入っていってしまった。

フィーリアは呆然《ぼうぜん》と鎖を握り締め、低い唸り声を上げ続ける黒犬におののくばかりだ。

「いやあ……その犬、我々がどう懐かせようとしても吠《ほ》えて暴れて毎回参っていたんです。今日は楽ができて良かった」

近くに控えていた若い侍従がぽつりと呟《つぶや》いた。

(嫁になるための課題とかなんとか言って、いいように使われているだけのような気がする)

フィーリアは、深い深いため息を吐き出した。

子供が喜ぶようにと中庭に用意したテーブルと椅子、菓子類は全てフイになった。しかし、この黒犬を室内へ入れるわけにはいかないから、外に用意したのは正解であろうか。

「って、余ったお菓子食べているんじゃないわよ。あなたもなにか協力しなさい」

フィーリアを引きずるように歩く黒犬ベンジャミンの力に圧倒されながら、中庭で優雅にティータイムを決め込んでいるクロッシアに抗議した。

「そう言われましても。俺に犬を接待する能力など」

「私にもそんな能力ないわ！　……あ、こら！　そっちは駄目よ、せっかく綺麗《きれい》に薔薇が咲いているのに」

ベンジャミンはフィーリアを引っ張って薔薇の生け垣へと向かおうとする。渾身《こんしん》の力を込めても、その進行を止めることはできない。

「力を貸して、クロッシア。このままだとせっかくの薔薇庭園が台無しになってしまうわ」

「それより、犬にはどっちが強いかを教えた方がいいんじゃないですかね？　お嬢様、今完全に下僕扱いですよ？」

「それは分かっているけど、そう簡単にいかないから困っているんじゃない」

「え？　お嬢様には必殺技があるじゃないですか？」

「必殺技？」

なんのことか分からずにしばらく考えたが、ぽんと浮かんだ心当たりに頭が痛くなってきた。

「まあ！　すごいわベンジャミン！　いつからそんなにお利口さんになったの？」

中庭の椅子に腰掛けたフィーリアの横について、手ずから差し出すパンを大人しく咀嚼《そしゃく》しているベンジャミンを見てか、夫人は大袈裟《おおげさ》なくらい驚いた声を上げた。

フィーリアが立ち上がると、その顔色を窺《うかが》いながら自分も立ち上がり、フィーリアが歩くと、その横をぴったりと付いてくる。

「大人しくてかわいい犬ですね。また遊ばせてください」

フィーリアが余裕の笑みを浮かべながらベンジャミンの鎖を夫人に戻すと、夫人は信じられないといった表情となった。

その後ろに居た皇太后も、そのお付きたちも同様だ。あの凶暴な犬をどうやって手懐けたのかと不思議なのだろう。

(あー……犬に優劣を示すためとはいえ、封印したはずの必殺技を使う羽目になるとは……)

露見したらきっと、そこまですることないと呆れられるだろう。

ベンジャミンの背中のあたりに噛《か》みついたのだが、痕《あと》が残っていないか少し心配だ。血は出ていなかったが、この世の終わりみたいな声を上げた。ベンジャミンに思いっきり噛みついた後にすっと立ち上がって偉そうに腕を組んで見下ろすと、ベンジャミンはごろんと地面に寝転がり、降参とばかりに腹を見せたのだ。

そこからは人が……いや、犬が変わったように従順となった。パンを千切って差し出すと、ぶんぶんと尻尾《しっぽ》を振ってあっという間に食べ、もっととせがむようにフィーリアの手に鼻面を付けてきた。

「またね、ベンジャミン」

帰り際に手を振ると、ベンジャミンは尻尾を振りながら、ワン、と吠えた。

その様子をじっと見つめていた皇太后は、夫人が行ってしまってからフィーリアの元へとやって来た。

「……あなた、思ったよりやるのね」

「いえいえ、それほどでも。子供の頃《ころ》から動物は好きなんです。私が動物好きだって分かって、ベンジャミンも心を開いてくれたのではないでしょうか」

動物好きは嘘《うそ》じゃないが、きっとベンジャミンには伝わってはいないだろう。なにしろ、ベンジャミンが薔薇の匂《にお》いを嗅《か》ぐのに夢中な隙《すき》をついて、突然ガブリと噛みついたのだから。通り魔のようなものだ。

「あなたには更なる課題が必要のようね。それでは、次の課題を申しつけましょう」

「はいっ」

フィーリアは気合い充分に答えて拳《こぶし》を握った。

⚜

それから、客間に飾るのにぴったりな絵を探せだの、池に去年の冬に落としたペンダントヘッドを捜せだの、無茶な課題を出されたがフィーリアは粛々とそれをこなしていった。

そうして、くすりとも笑ったことがない侍従長を笑わせろという課題を楽々こなしたフィーリアが、皇太后の部屋へ向かおうとしていたとき、ふと見た窓の外に皇太后の姿を見つけた。

「あ……あれは、皇太后様とアーベル様かしら？　イレーヌの姿もあるわ」

窓の前に立ってその様子を見ていると、横からクロッシアが割り込んできた。

「やっと皇太后の許しを得て、宮殿に入ることができたってところでしょうか？」

「そうね」

せっかくだからアーベルにも挨拶をしよう、と庭へ出る扉まで回廊を進んで外に出て、そちらへ向かっている途中のことだった。

「お祖母様！　私です、イルザです！」

切羽詰まった声が聞こえてきて、フィーリアは歩みを止めた。

何事かと驚きクロッシアと顔を見合わせてから、恐る恐ると声がした方へ歩いていった。

見ると皇太后の前にイレーヌが跪《ひざまず》いており、それを皇太后が冷たい眼差しで見下ろしていた。側《そば》に居るアーベルはなにが起きたか分からないといった表情で、ふたりを見つめている。

「……と言っても、私は今までお祖母様に目通りを許されたことは一度もありませんから、分からないかもしれませんが」

イレーヌは寂しげに瞳を伏せた。

「そうね。なんのことだか分からないわ。アーベル、この娘は一体なんなの？」

皇太后は苛立《いらだ》たしげな視線をアーベルへと向ける。アーベルは泡を食って首を横に振るだけだった。

「このように強引なやり方で対面したこと、怒ってらっしゃいますよね？　ですが、私には他に方法がなくて……困り果てて」

イレーヌの瞳に涙が浮かんだ。

「助けてください、お祖母様！　私はもう、お祖母様のお力がないと生きていけません……！」

そう叫んだかと思うと顔を手で覆い、わっと泣き出してしまった。

「どうやらあの者、皇太后と会うためにアーベル殿下に近付いたようですね。そうしてなにかの要求を皇太后へしようとしている。イレーヌというのは恐らく偽名で、先ほど名乗っていたイルザというのが本当の名前なのでしょう」

クロッシアがこの状況を解説していった。

アーベルはイレーヌの正体に驚いたのか、顔を強ばらせている。悲しむ女性を慰めなければならない、という発想は今の彼からは生まれそうもない。

フィーリアも同様だ。突然の展開について行けない。皇太后の孫、ということはアーベルとヴィンセントの妹ということだろうか。

「あっ、そういえばヴィンセントが以前に妹がいるって言っていたわ！　国王陛下には認められていないとも聞いた気がする。それがイレーヌってことかしら？」

「そうなのではないでしょうか？　とんでもない出自の者でしたね」

皇太后はまるで小汚いネズミを見るような目つきでイレーヌを見下ろしていた。かなり腹に据えかねているといった様子だ。自分を頼ってきた孫を歓迎するなんて気持ちは全くないように見える。

「お祖母様のお怒りはごもっともです」

イレーヌは涙声で語り始めた。

「見も知らぬ娘が急にやって来て孫と名乗るなんて。でも……っ、私にはもうお祖母様のご慈悲にすがるしかないのです。母が死に、祖父も死に……父であるはずの国王陛下は私を決して娘とは認めてくれません。私にはもう頼る人がいないのです。しかも、あらぬ疑いをかけられて追われる身となりました。お祖母様に見捨てられてしまったら、私はもう崖《がけ》から身を投げるしか……」

「勝手にしなさい。私の知ったことではないわ。衛兵っ！　この娘を宮殿の外へつまみ出しなさい」

皇太后の呼びかけに応《こた》えるように宮殿の中からぞろぞろと衛兵たちがやって来て、イレーヌをふたりがかりで立たせ、そのまま連れて行ってしまった。

「まっ、待ってください！　もう少しだけお話をっ」

イレーヌは衛兵に取り囲まれた状況の中で叫ぶが、皇太后はその言葉に応じるような気はないようだ。くるりとイレーヌに背を向けた。

そしてその様子を呆然と見つめていたアーベルは、やがてはっと覚醒《かくせい》し、イレーヌを追いかけるようにその場から立ち去った。

フィーリアは目の前で起こったことがあまりに衝撃的すぎて、心の整理がつかずにいた。

イレーヌ改め、イルザに詳しく話を聞きたいと思っていたところで、皇太后の見る者を射殺すような視線が不意にこちらへ向かって来た。

「あら、あなた。そんなところに居たの？」

いつもに増して不機嫌な声に、フィーリアはびくりと肩を震わせつつ答える。

「あっ、ええ。侍従長を笑わせるという課題を達成できましたので、そのご報告に」

「そう。では、最後の課題を申し伝えます」

「最後？　ほ、本当ですか？」

いつまで続くこの課題、と思っていたときだったので、それはフィーリアには朗報だと思っていたのだが。

「あの娘を暗殺しなさい」

皇太后の声が鋭くフィーリアの鼓膜へと突き刺さってきた。

「は……？　今、なんと？」

皇太后相手に間抜けな顔で聞き返したのも無理らしからぬことだ。

（あんさつ……って聞こえたけど、気のせいよね？　あんさつ……暗殺？　いやいや、違う違う。あんさつ……アンゴラ、かなにかの聞き間違いかしら？）

でも今はウサギの話なんてしていなかったしな、と首を傾《かし》げるばかりだ。

「では、もう一度言います。もう二度と言わないからよく聞くように」

こほん、と皇太后は咳払《せきばら》いをし、それからはっきりと言い切った。

「イルザと名乗るあの小娘を暗殺しなさい。あの娘は王族に仇《あだ》なす者です。あなたの手で始末なさい」

「はぁぁぁ？　バッカじゃないの？」

そう言ってしまってから相手が誰かを思い出して慌てて口を手で覆ったが、発言の内容自体は後悔していない。なにをバカなことを言っているんだ、この魔王の祖母は。

「あなたはヴィンセントの嫁になりたい、と、そう思っているのでしょう？」

厳しい目つきでこちらを煽《あお》るように言う。

「ならば、ときには自分の手を汚して夫を守ることも必要です」

「そんな必要性、全く感じません！」

フィーリアは本能のままに吠えた。

嫁と認められるためには暗殺もできなければならない、とはどんな事態なのか意味不明だ。

「それに、イレーヌ……イルザを殺せって……いくらなんでも無茶苦茶です。彼女になんの否があるというのです？」

「聞いていたでしょう？　恐れ多くもあの娘は我が孫を名乗りました。赦し難いことです。あの娘は後々必ず問題を起こします」

「そっ、それは確かに隠し子なんて存在、王家にとっては邪魔かもしれませんけれど……でも、暗殺だなんて」

「王族とは、綺麗事だけでは務まらないものなのです」

皇太后はフィーリアの動揺など全く無視で、冷静にそう告げる。

「……まあ、よく考えることね」

皇太后はそう言い捨てて、宮殿へと歩いていってしまった。

残されたフィーリアはあまりに唐突な展開に夢でも見ているのではないかと立ち尽くすのみだ。

「とうとう最後にして最大の課題ですねっ！　どうですか？　俄然《がぜん》燃えてきましたか？」

「そんなはずあるわけないでしょう！　……あなたの冗談に付き合っている気分じゃないわ。お腹も頭も胸も痛い。とにかく、どこかの部屋で休みたいわ」

今にも倒れそうな足取りで宮殿へ戻り、通りかかった侍女に部屋を用意してもらった。

「それにしても、皇太后様もよく考えましたね」

「なにがよ？」

ソファにぐったりと座るフィーリアに、クロッシアは期待に満ちた瞳を向けてきた。

「国王の子を名乗る邪魔なイルザを殺させて、その殺人容疑でお嬢様を捕らえ、邪魔なふたりを共倒れにさせるという見事な計画！」

「じょ、冗談じゃないわよ。そんな計画に陥れられて堪《たま》るものですか！」

「でも、暗殺しないと結婚の許可はもらえないと思いますよ？」

クロッシアは呑気に首を傾げる。この従者、面白がっているに決まっている。

「そもそも、結婚と暗殺を天秤《てんびん》にかけるのがおかしいわ。誰かの命を奪ってまで結婚なんてしたくないわよ。しかも、相手がイレーヌだなんて」

「そうですか？　あの者は偽名を使ってお嬢様を騙《だま》したんですよ？」

「それは……確かに残念だなとは思ったけれど。だからってイレーヌを嫌いになったりしないわ。暗殺なんて論外よ」

国王の子供だったなんて、事情を話して相談してくれれば良かったとは思う。しかし騙されたとは思わないし、今もイレーヌのことは心配だ。アーベルが後を追っていったから、下手《へた》なことにはなっていないと思うけれど。

「なにもお嬢様が手を下さなくてもいいんじゃないですか？」

「……なにを言い出すのよ？」

「ロクさんあたりに頼んでさくっと殺《や》ってもらえばいいじゃないですか。お嬢様の命令は上官であるヴィンセントの旦那の命令、聞いてくれるような気がしますけどね？」

「冗談やめて！　ロクさんにそんなことをさせられるはずないじゃない！」

「……と、いうときに私が使えるわけですよ」

突然響いてきた第三者の声に、背中に嫌な汗をかいた。

焦って立ち上がり、部屋を見回しても姿がない。どこに隠れているのか、と部屋をうろうろと歩き回っていると、分厚いカーテンの裏から足が覗《のぞ》いていた。素早くカーテンをまくる。

「あなたっ！　いつからここに？」

「つい先ほどですよ。愉快そうな話をしているので、蝶《ちょう》が花の蜜《みつ》に誘われるように来てしまいました」

抑えた微笑《ほほえ》みを浮かべた青年、デュアンだった。

「なにが蝶よ？　あなたなんて夜にランプに集まる蛾じゃない」

「ほう、あなたに必殺技を授けた師匠に対してあんまりな言い方じゃないですか？」

「あ……あの件は感謝しているけれどっ！　神出鬼没すぎてびっくりしたわ」

デュアンはその言葉には応えず、許してもいないのにソファに腰を下ろした。一時は師と呼んだこともあったが、そんな気軽に現れて友人みたいな態度でいられるのも困るのだ。

「なにしに来たんですか？　あなたには踏み倒した珈琲代《コーヒーだい》を払ってもらったので、もう用はないです」

クロッシアは道端に転がっている石ころでも見るような、冷めた態度である。

「なんとつれない。一度は一緒に旅をした仲ではないですか」

「あのときはあのときです。今のあなたには利用価値がありません」

「主人も主人ならば従者も従者ですね。まあ、いいです。私は心が広いので許してあげます」

デュアンはやれやれと肩をすくめた後、偉そうに足を組んだ。

デュアンはトニトルスの聖槍《せいそう》の一員として現れたときこそ不気味な存在だったが、今はただの変人という認識しかフィーリアにはない。

「そんなことよりなんの用事なの？　誰かに見られるよりも前に、早く立ち去って欲しいんですけど！」

フィーリアは落ち着いてソファに腰掛けるような気持ちにはならず、立ったままで苛立たしくデュアンを見つめていた。

「いえ、暗殺のご用事がないかと思いましてね」

そんな不敵な笑みを浮かべて、指をわきわきと動かされても困る。

「あ、なるほど。お嬢様この男に任せてはどうですか？　もし露見してもこんな男、知らぬ存ぜぬと見殺しにしてもいいでしょうから」

「……クロッシアさん。イルザよりも前にあなたを先に殺して差し上げてもいいんですよ？」

「遠慮しておきます。俺は大勢の孫に看取られて老衰で死ぬのが夢なので」

「そんなこといいから、もう帰って。ここは皇太后様の宮殿なのよ？　あなたと一緒に居るところを誰かに見られたら……」

「それはつれない。我が弟子が勝利するために、と思って特別な贈り物を持ってきたのに」

懐を探り、掌《てのひら》大《だい》の金属で細工された飾りのようなものを差し出した。

「なに、これ？　髪飾りとか……？　あまりかわいくないけれど」

「指にはめるんです。四つ輪っかがあるでしょう？　そこに指を入れるのです」

「こう？」

フィーリアは言われた通り指を通してみせた。

新しい形の指輪なのだろうか？　装飾品らしいかわいらしさは全くないけれど。

「それで人を殴ると、ひ弱なあなたでもその一撃にかなりの威力を込めることができます！　さあ、拳を突き出してみて！」

うっかりその通りにしてみたら、デュアンは瞳を輝かせながら、小刻みに拍手した。

「狙《ねら》うのは眉間《みけん》か顎《あご》の下です。……あなたは背が低いから、顎の下から突き上げるのがオススメです！　そうだ、その技に名前をつけましょう。そうですね、しょうりゅ……」

「こんなもので殴ったら、暗殺にならないから！」

フィーリアは四連指輪を外して床に叩《たた》きつけた。いや、暗殺とかそうじゃないとか、そういう問題でもないのだが。

「では、やはり私にお命じください。あの麗しきヴィンセント様の婚約者殿の命令ならば、たとえこの身に危険が及ぶようなことになったとしても、任務をやり遂げる……！」

「冗談じゃないわ！　誰があなたにそんなこと頼むものですか！」

恍惚《こうこつ》とした表情を浮かべるデュアンに強く言うと、彼はやれやれと肩をすくめて、後悔しても知りませんよと言いつつ、部屋の窓から外へ出て行った。

「相変わらず神出鬼没ですね」

「そうね。さあ、私たちも帰るわよ」

クロッシアを急《せ》かし、もう二度とこの宮殿に来ることはないかもなっ、と鼻息荒く黒十字騎士団の詰め所へと帰った。

第四章　私、暗殺なんて企《たくら》んでいません！

フィーリアとクロッシアが黒十字騎士団の詰め所へ戻ると、お客さんが来ていると告げられた。誰《だれ》かと思いながら面会室へと向かうと、人だかりができていたのでピンときた。

「……やっぱり、イレーヌ」

「フィーリア！　良かったわ、すぐに会えて」

こんな灰色の壁と床の部屋にあるなんの華美さもないただ座るだけの椅子《いす》に腰掛けていてもイレーヌは輝いていた。そして、彼女の従者であるブラッドはこの建物が似合いすぎている。

人だかりはイレーヌを見に来た野郎どもだ。美女には目がないな。

「フィーリアに話したいことがあって来たの。ちょっといいかしら？」

そっと微笑《ほほえ》まれ、断る理由などなにもなかった。

「その……偽名を使ったことは悪かったと思っているの。でも、本当の名前を言ったらアーベルはともかく、アーベルの周りにいる人たちは私のことに気付いて、遠ざけようとするかもしれなかったから。私が皇太后様《こうたいごう》にお目にかかるためには、アーベルの力にすがるより他《ほか》になかったの」

イレーヌ……いや、イルザはしょんぼりと肩を落としながら言った。

「私は……家族を相次いで亡くして。もう頼れる方は皇太后様しかいらっしゃらないと思ったの。国王であるお父様は、何度お手紙を差し上げても私のことを娘とは認めてくださらなかったから。でも、皇太后様は思っていたよりもずっと厳しい方で……」

イルザは膝《ひざ》の上に置いた手をぎゅっと握った。皇太后にそっけなくされ、衛兵を使って宮殿から追い出されたことが余程堪《こた》えたのだろう。

「お話くらいは聞いてくださると思っていたのだけれど、やはり甘かったわ」

イルザは瞳《ひとみ》を伏せ唇を震わせ、今にも泣きそうな表情だ。

「アーベルには、嘘《うそ》をついたことを謝って赦《ゆる》してもらったわ。だから、次はフィーリアに謝らなきゃってここまで来たの。私のこと、怒っている？」

「そんな、まさか。事情があったのだから仕方がないわよ。全然怒ってないわ」

「ありがとう、フィーリア！」

イルザはがばっとフィーリアに抱きついてきた。

（あっ、なんだか良い匂《にお》いがする。甘い香り……やっぱり美人からはいい香りが）

まるで野郎のようなことを考えてしまい、慌てて体を離した。

「でっ、でも。皇太后様に赦してもらうのは……」

「ええ、分かっているわ。もう諦《あきら》めようと思うの。自分のお祖母様がどんな方か実際にお会いしてみたかった、という望みは叶《かな》ったから、それでいいわ」

「本当に、それだけでイルザはいいの？」

ついついそう問うてしまったが、皇太后はイルザの暗殺まで指示したくらいなのだ。イルザが皇太后の孫として認められるのはかなり難しいだろう。

「ええ、もういいのよ。それよりフィーリアはがんばってね！　皇太后様に王族の一員として認められるのは困難なことだと思うけれど、きっとフィーリアならできるわ！」

「ああ……ええ……」

自分もそれはもう諦めようと思っているのだとはなかなか言い出せなかった。

「それでね。私、フィーリアにお土産《みやげ》を持ってきたのよ」

「お土産？」

小首を傾《かし》げると、イルザは微笑んで厨房《ちゅうぼう》を貸して欲しいと申し出た。

食堂の隣にある厨房をイルザに使ってもらい、フィーリアは食堂の椅子に腰掛けていた。

食事の時間でもないのに、フィーリアの周りには団員たちがそわそわしながら座っている。

「えー、あなたたち午後の訓練は？」

「午前中のうちに済ませましたっ！」

団員のひとりがやけに力を込めていった。

「ねぇ、レイ、本当？」

顔見知りの団員を見つけて話しかけた。彼ともうひとりのロイはよくフィーリアの警護にあたってくれており、王都から付いて来た騎士団のひとりなのだ。

「あー……えっと、まあそんなところです」

曖昧《あいまい》に言って誤魔化すように笑ったので絶対に嘘だと分かった。

一時はフィーリア様フィーリア様ともてはやされていたのに、その座をあっという間にイルザにさらわれた。仕方ないかと思いつつ少々寂しい気持ちだった。

「そういえばロクさんは？　朝から見かけないけれど」

なんともなしに呟《つぶや》くと、それにはロイが応じた。

「副団長ならば朝早くに出掛けてまだ戻ってません。なんでも、王都から急な知らせが来たそうで、いろいろと雑事が増えたとおっしゃっていました」

「そうなの。もし帰って来たら私が探していたと伝えて」

ロイが大きく頷《うなず》いたので、そのようにしてくれるだろう。人の話をあまり聞かない騎士団の連中だが、ロイだけは若干信用がおける。

（雑事ってなにかしら？　王都でなにかあったのかしら？）

ロクに王都へ帰ることを相談しなくてはならないと思っていた。たぶん反対はしないだろう、そもそも彼の上司であるヴィンセントが皇太后に結婚の許しなど得なくても良いと言っていたのだから。やっと王都に戻る気になりましたか、とほっとされそうだ。

「待たせてごめんなさいね。やっと準備が整ったわ」

イルザが食堂へと入って来た。その途端に野郎どもが色めき立つ。

（イルザは、私に用事なんだからねっ）

なんとなく友達を取られたくない的な気持ちになって、心の中で主張してしまった。

イルザは紅茶のセットと焼き菓子を載せたワゴンを押して来た。お土産というのはこれなのだろうか。

ワゴンからまず焼き菓子を、それからティーカップ、蜂蜜《はちみつ》の入った小瓶、ティーポットを移動させた。その動きのひとつひとつが洗練されていて、淑女としてあるべき姿を見た、というような気持ちでイルザを見つめていた。

（っていうか、騎士団の厨房にこんなものがあったとは）

イルザは全《すべ》てのものを出し終わると、フィーリアの向かいに腰掛けた。

「さあ、どうぞ。飲んでみて」

イルザはまず自分で飲んでみた。上手《うま》く淹《い》れられたのか、満足そうな笑みを浮かべた。

続いてフィーリアも口をつけた。

野郎どもが羨《うらや》ましそうにフィーリアを見つめているが、ひと口たりともあげるものかという気持ちだった。

「これ、すごくいい香り！　香辛料かなにかを入れているの？」

そう思えるような、強い香りとほのかな味があった。

「いいえ、なにも入れてないわ。そういう茶葉なの」

うふふ、と笑いながらイルザは更に紅茶を飲んだ。

「この茶葉は、皇太后様の故郷であるレクエルダの茶葉なのよ。リリン、というの」

「リリン……初めて聞く名前だわ」

「レクエルダの土地でないと育たない特別な茶葉。プロイラ王国では入手が困難な茶葉なの。それで……これをフィーリアにあげようって思ったの」

「私に？　レクエルダの茶葉を？」

「本当は……私が皇太后様に差し上げたいと思って手に入れたものだけれど、皇太后様は私からの贈り物なんて受け取ってくれそうもないから。だから、せめてこの茶葉をフィーリアが役立てて。フィーリアは皇太后様に結婚を認めてもらうためにがんばっているでしょう？　故郷のお茶を渡せば、きっとお喜びになるわ。皇太后様、きっと故郷のことを懐かしく思っているでしょうし」

皇太后は元々レクエルダ国の第一皇女だった。

だが、皇太后がプロイラ王国に嫁いでから五年後にはレクエルダ国は隣国ロスギルド国に攻め入られ滅びてしまった。

でも懐かしく思っているとまではどうして分かるのだろうかと疑問に思っていると。

「皇太后様が今までゆかりがなかったフェリングに住んでいるのもその証拠よね。フェリングの港から海を隔てて、レクエルダ国がある。プロイラ王国からレクエルダ国へ……今はロスギルドって国名が変わってしまったけれど、一番近いのはこのフェリングだわ」

フィーリアはどうして皇太后がフェリングに移り住んだのかは疑問だったのだが、そういう理由ならば合点がいく。

フェリングは大きな入り江にある街で、その入り江の対岸にはかつてレクエルダ国があったのだ。対岸といってもかなりの距離があり、大きな船を出して順調に進んだとしても三日三晩、いや、それ以上かかるだろう。しかし、陸から行けばプロイラ王国と元レクエルダ国の間にはもうひとつの国、ヴォルデンがある。国境をふたつ越えなければたどり着けない国なのだ。

（それにしても、よくそんなことに気付いたわね。こういう気遣いができるところも、イルザってすごいと思う）

思わず尊敬の眼差《まなざ》しを向けてしまう。

イルザはブラッドという従者を連れているし、国王の子である可能性も考えてかなりいいところのお嬢様ではないかと思う。

ところで、そのブラッドは今もイルザのことを見つめながら扉近くに立っている。イルザが強く守られているように感じる。

「私、フィーリアのことを応援しているの。女性の一番の幸せは、好きな人と結婚することでしょう？　だから、そのためにこの茶葉を使って。私からできる精一杯の結婚祝いよ」

イルザは紅茶の缶をフィーリアへと渡した。ただの紅茶の缶なのに、イルザの温かみのようなものを感じ取った。

（本当にいい娘だな、イルザ……。だったらもう少しだけがんばってみようかな？　イルザを暗殺なんてとんでもない課題じゃなくて、他の課題を出すように頼んでみるとか）

このお茶を皇太后に渡し、そしてこれはイルザが皇太后のために手に入れたということを明かして彼女がどんなにいい娘なのか説明すれば、皇太后はイルザのことを見直して、もう一度ちゃんと話を聞く気になるかもしれない。もちろん暗殺しろなどという課題は撤回するだろう。

（イルザが王家に仇《あだ》なすなんてこと、絶対にないもの。私が暗殺を諦めて王都へ帰ったとしても、もしかしたら皇太后様は別の者にイルザ暗殺を命じるかもしれないし……。そんなことはさせられない！　イルザのためにも、なんとか皇太后様を説得しよう）

このお茶が、その橋渡しになってくれることを願った。

「まあ！　レクエルダの茶葉ですって？　あなた、それをどうやって手に入れたの？」

　宮殿を訪れるとちょうど夕食の時間が近かったために一緒にどうかと誘われた。断る理由などなかったので夕食に同席させてもらい、皇太后にお茶の話をすると思った以上の反応を得られた。このお堅そうな人でもこんなふうにはしゃぐことがあるんだな、珍しいものを見るような目つきを向けてしまった。

　食堂には細長いテーブルがあって、皇太后は正面の席に座り、フィーリアはその斜め右の席に座っていた。三十人ほど着席できるテーブルだったが、今食事をとっているのはフィーリアと皇太后のみだ。テーブルの上に置かれた金色の燭台《しょくだい》が橙《だいだい》の炎を灯《とも》し、その温かい光の中で食事をしていた。壁際には侍従や侍女が並んでおり、食事の様子を見守っていた。

「ええ、知り合いからいただいたんです。リリンという名の紅茶らしいんですが」

「リリン！　よく知っているわ！　まあまあ、リリンがまた飲めるなんて思ってもいなかったわ。茶畑はすっかり焼けてしまったと聞いていたから。いつの間にかまたリリンを育てるようになったのね。流通しているとも知らなかったわ」

「あの……お茶の時間にでもと思って持ってきたのですが、もしかして今すぐお召し上がりになりますか？」

「もちろんよ！　その茶葉はどこにあるの？　すぐに料理長に淹れさせてちょうだい」

皇太后はフィーリアを急《せ》かした。先に通された部屋のテーブルに置いてある旨を伝えると、すぐに侍女に茶葉を取りに行くようにと申しつけた。

そして、茶葉の話をした後は、まだ夕食が残っていたのに全て下げさせた。それほど楽しみなのだろう。

(後で茶葉をくれたのはイルザであることを明かそう。イルザは……私からだとは絶対に言わないでなんて遠慮していたけれど。こんなに喜んでいるんだもの、きっとイルザのことを見直してくれるわ)

そうして皇太后の誤解が解けるといいなと期待しながら、紅茶が出てくるのを待った。

温められたティーカップに琥珀色《こはくいろ》の液体が注がれると、皇太后は瞳《ひとみ》を閉じ、鼻をひくひくと動かした。

「そうよ、この香りだわ！　懐かしいわね、涙が出そうよ」

「私も昼間にいただいたんですけど、独特の香りと味がありますよね」

「そうなのよ。だからこそレクエルダの土壌でないと駄目なの。同じ紅茶の苗をプロイラに植えてもこんな香りは出ないわね。味も全く違うものになるわ」

皇太后はティーカップを持ち上げて、もう一度その香りを楽しんでいた。それからそろそろと口をつけた。

「……ああ！　この味……間違いないわ！　リリンの紅茶よ」

皇太后はすっかり興奮した様子だった。

皇太后が初めて血の通った人間のように思える。懐かしく自分の国のことを思い出しているのだろうか。今はもうないレクエルダ国のことを。

（自分の故郷が戦争で滅びるって……悲しいことよね。もしかして皇太后様はプロイラ王国をそんなことにしたくなくて、強い王を、強い国をと望んでらっしゃるのかしら？）

そんなことを考えていたら、すっかり目前のお茶を飲むのを忘れていた。早く飲まないとせっかくのお茶が冷めてしまう。

フィーリアがティーカップをつまみ上げ、そこに口を付けようとした瞬間。

がしゃん、と耳が痛くなるような鋭い音がした後に、なにか大きな荷物が落ちたような音が響き渡った。

「えっ？」

驚いてティーカップをソーサーに戻し、周囲の様子を確かめた。

「こっ、皇太后様！」

切羽詰まった声が聞こえてきた。見ると、皇太后が座っていた場所に皇太后の姿はなかった。どこに、と目を動かしてすぐに分かった。床に倒れ込んでいるのだった。紅茶カップは砕けてテーブルに散らばっている。

「どうされたのですか、皇太后様っ！」

近くに控えていた従者たちが次々と皇太后へと駆け寄った。

皇太后は固く目を瞑《つむ》り真《ま》っ青《さお》な顔で倒れている。なにがあったのかと血の気が引いた。

「急にご気分が悪くなったのか？」

「皇太后様には健康上の問題はないはずだ。それに、なにやら様子がおかしいぞ」

侍従のひとりがティーポットに残っていた紅茶へ、銀製のスプーンを差し入れた。

「銀が変色した……この紅茶、毒が……砒《ひ》素《そ》が入っているぞ！」

「なんだと？　一体誰が？」

その言葉に、全員の目がフィーリアへと向いた。

「えぇぇぇ、私？」

驚愕《きょうがく》のあまり間抜けな声を上げてしまう。

「恐れ多くも皇太后様にお仕えしている我々が毒を入れるなどあり得ない。紅茶はお前が持ち込んだものだ、お前が一番怪しい！」

「その娘を捕らえろ！　そしてすぐに牢《ろう》へ！」

「ろ、牢って……」

そんなものがこの宮殿のどこかに？　これほど広いのだから地下かどこかにそんな場所があってもおかしくないけれどなどと、いろんなことが頭を駆け巡る。

厳《いか》めしい顔の衛兵がやってきて、フィーリアの手首を掴《つか》もうとしたとき。

「……その娘に触れること、まかり通らぬ」

不意の声がしたかと思うと、強い力でぐっと引き寄せられた。

「この娘に疑いを向けるよりも、医者を呼ぶ方が先だろう？　さっさとしろ。いや、待てよ」

なにかを思案するように顎《あご》に手を当て、不敵な笑みを浮かべた。

「そのババアをこのまま見殺しにするという手もあるな」

侍従も侍女も、衛兵も居る中でこんな不穏な発言をする者はひとりしかいない。

見上げた先には久しぶりに見るまがまがしい黒い瞳と深淵《しんえん》の闇《やみ》を思わせる髪。そして無駄に高い背丈。

そこにはヴィンセントがいた。いつの間にこちらへ来たのであろうか、聞きたいことはたくさんあるが、今はそれどころではない。

「い、医者を！　とにかく医者を！」

侍従長が言うと、侍女のひとりが慌てふためいて走っていった。

なにもできずに皇太后を取り囲む侍従たちの間へ、彼もいつの間にかここへ来たのか、ロクが割り入っていった。そうして皇太后の呼吸を確かめ、脈を取る。彼は軍人であるので、怪我《けが》人《にん》や病人を診る心得があるのかもしれない。

「お前が毒を盛ったのか？」

ヴィンセントが冷静に尋ねてきた。

「ちがっ、そんなはずないでしょう！」

「もしお前が毒を盛ったならば、説教のひとつでもしなければならないと思っていた」

「せ、説教って」

自分の祖母に毒を盛られて説教で済むのか、と思っていたら。

「毒を使うなら致死量をわきまえろ！　あれでは人は殺せない。特にババアは体がでかいから、他の人間よりも多めに見積もらなければならない！」

「なにアホなことを言っているのよ！　それどころじゃないでしょう！」

そんな現場の緊張感をまるで無視した会話を続けているのを余所《よそ》に、ロクが続々と指示を飛ばす。

「大丈夫です、まだ息はあります。まずは……あなた、皇太后の胸元を緩めてください。男性でしかも医者でもない私がやるのは少々気が咎《とが》めます。それから、飲んだものを吐き出させなければならない。大量の水を用意してください」

「はっ、はい！」

「皇太后様を寝室へお連れして、寝かせておいた方がいいのでは？」

「いや、できるだけ動かさない方がいい。このテーブルをどけて、場所を空けてください」

ロクがてきぱきと指示を与え、周囲はそれに従って動いた。

その後すぐに医師が到着し、皇太后の様子を確かめてから胃を洗浄するための水を大量に持って来るようにと申しつけた。それと同時に、ロクが先ほど指示した侍従たちが大きなたらいと桶《おけ》に水を入れてやって来たため、すぐに処置が始められた。

「……助かりました。さすがに皇太后様の胃洗浄などできそうもありません」

ロクは医師が来るとすぐにその場を任せてこちらへとやって来た。

「それにしても私たちがやって来るのが一歩遅かったようですね……。フィーリアさん、なにがあったのかお話し願えますか？」

「お話って……もうなにがなんだか」

やはりあの紅茶に毒が入っていたのだろうか？

自分は毒なんて入れていない。だとしたら誰が……と思って真っ先に思い浮かぶのがイルザなのだが。

（まさかイルザが……いや、それだけは絶対にあり得ない！）

お茶を取りに行った侍女だろうかとも考えるが、彼女は今蒼白《そうはく》な顔をしながら、皇太后を助けようとクッションを持ってきて皇太后の頭と床の間に差し入れたりと、とても毒を盛った張本人がするとは思えない動きをしている。料理長では、とも考えたが、それならばなにもお茶に入れなくとも料理に入れれば良いと思われ、誰を疑っていいのか分からなくなってきた。

「……こんなことを企むのはひとりしかいまい。おい」

「はい」

ヴィンセントがはっきりと告げないままに、ロクは部屋から出て行ってしまった。

誰のことを疑っているのかよく分からない。それを尋ねようとしたところで。

「これ以上、ババアの手当を見ていたところで面白くない。息絶える様を見物できるならいいが、どうやら助かりそうだ」

言われて見ると、皇太后がげほげほと咳《せ》き込んでいた。虚《うつ》ろながら瞳が開いている。意識を取り戻したらしい。

とりあえず命に別状はないようだ。フィーリアはほうっと胸を撫《な》で下ろした。

ヴィンセントはフィーリアの背中を軽く叩《たた》いた。

「お前ができることはない。今日《きょう》はもう帰って休め。お前が寝付くまで添い寝してやるから」

「そうね……今日のところはとりあえず休みたいわ。でも添い寝は断る」

「遠慮するな」

「遠慮してません。ただでさえ狭いベッドなんだから、ひとりで寝ることにするわ」

「お前は……本当に人の好意を素直に受けられない奴《やつ》だな」

口をへの字にしながら、ヴィンセントはフィーリアを騎士団の詰め所へと連れて行った。毒殺未遂の容疑者だから宮殿から出さない、と言った衛兵が居たが、ヴィンセントのひと睨《にら》みで前言を撤回した。

騎士団の詰め所に戻ると『いらっしゃい、ヴィンセント団長』の大騒ぎが始まったが、フィーリアはそれを尻目《しりめ》に自分の部屋へ行き、ベッドに腰掛けた。

　疲れていたがすぐに休むような気にはなれなかった。意識を取り戻したとはいえ、まだ皇太后の様子は心配だったし、ロクが誰を捕らえに行ったのか気になる。

「……俺《おれ》がいつここへ来たのか気になる顔だな」

「……全然違いますけど」

　フィーリアの気持ちを全く読んでいない婚約者に呆《あき》れる。もしかしてわざとだろうかとも考える。皇太后が毒を盛られ、倒れる場面を目撃してしまったのだ、衝撃を受けているだろう婚約者の気を紛らわせるためにわざと違う話を……いや、彼にそんな気遣いはできないだろうとその可能性は却下した。

「つい先ほどだ。もっと早く来るつもりだったのだが、やはり軍務長官なんて立場は面倒くさいな。しかも突然の大雨で一日足止めを食った」

「そうなの？　それは大変だったわね」

「そんな思いまでして駆けつけた婚約者に感謝の言葉はないのか？　先ほどだって、俺が止めなければ侍従長に、暗くじめじめとした地下の牢に入れられるところだったんだぞ？　あそこは強烈だ、長くそこへ閉じ込めて死んだ者の遺体を放置してあるからな」

「な、なにそこ？」

　そんなところへ入れられそうになっていたなんて、背筋が震える。

「……それで、ヴィンセントはどうしてここへ？」

「ロクから知らせを受けたんだ」

「なんの知らせ？　私が皇太后様の課題にうんざりしているって知らせかしら？」

だとしたら、余計なことを知らせなくてもいいのにとロクを少し恨みたい気持ちだ。フィーリアの様子をヴィンセントに知らせるのは彼の仕事だろうから、あまり責めるわけにはいかないのだが。

「いや、不審な者が現れたという知らせだ。てっきり王都の方へ来るかと思っていたが、予想が外れた」

「なんだか、全然話が見えないわ。つまり、不審な者が現れたという話を聞いて、仕事の都合でこちらへ来たら、たまたま皇太后様の毒殺未遂現場に遭遇したってことかしら？」

「いや、近いうちにこういうことになるだろうという予感はしていた」

では、皇太后に毒を盛ったのはその不審者ということなのだろうか。

それにしてもヴィンセントが止めてくれたとはいえ、自分は皇太后毒殺の最有力容疑者だろう。どうしてこんなことに、とひたすら頭が痛い。

「それで？　あのババアに嫁と認められるどころか数々の嫌がらせを受けて、毒を盛ったわけか」

「だからっ！　私じゃないわよ。私はちょっと嫌がらせをされたくらいで相手を殺そうなんて思いません！　それに、毒だってなにかの間違いで……」

「犯人だと疑われるのは二度目だな」

「うっ……、そうね。一度目もヴィンセントに助けてもらったわね」

たまたま殺人現場に居合わせてしまい、国家警備隊の人たちに逮捕されて牢に入れられそうになったところをヴィンセントに救ってもらったことがある。つくづく、自分は事件に巻き込まれやすいのだと思う。

「意外だな。お前は毒を使うよりも拳《こぶし》で行くかと思っていた」

「だから、私はやってないわ」

「だったら誰がやったというのだ？」

問い詰められ、思わず視線を逸《そ》らしてしまう。

心当たりはいるにはいるが、しかしそんなことあり得ない。

「分かっている。イルザの仕業だ」

ヴィンセントはさらりと言ってのけた。

「え……どうしてそんなふうに思うの？　っていうか、ヴィンセントはイルザのことを知っているの？」

フィーリアが皇太后へ持っていった紅茶はイルザにもらったものだが、まだそれをヴィンセントには話していない。

「ああ。今はアーベル殿下の所へ身を寄せているらしいな、ロクから聞いた。俺は一時、あいつを自分の屋敷に逗留《とうりゅう》させたことがある。国王に子として認めて欲しいと訴えるために王都へやって来たのだ。王都に頼る者がいないというから、しばらく置いてやった」

「そうだったの？　だったらどうしてイルザを疑うの？　屋敷に逗留させたことがあったということは、懇意にしていたってことでしょう？」

「あいつは、その後他国に嫁いだがすぐに夫を亡くした」

「え……そんな事情があったの？」

初耳だったし、イルザにかつて夫がいたとはとても思えなかった。そして、嫁いですぐに夫を亡くしたなんて気の毒な事情があったとは、と同情を寄せようとしていると。

「そしてすぐに別の男の許《もと》へ嫁ぎ、その男は半年ほど前に亡くなった」

「に、二度も続けて？　それはお気の毒に……」

「イルザにはふたりの夫の殺害容疑がかかっている」

「はあ？」

次から次へとこの人は一体なにを言っているのだろうと、耳を疑うばかりだ。

「そういう女だ。ふたり目の夫が死んだ後に行方《ゆくえ》不明になっていた。あいつは自分を国王の子と認めなかった王族に強い恨みを持っていたらしい。いずれなにか仕掛けてくると警戒していた」

「イルザがそんなことをするとはとても思えない。殺害容疑、よね？　殺したと決まったわけでは……」

「もう容疑は固まっている。今頃《いまごろ》ロクが確保したはずだ。……とはいえ、あのバカ兄の許に居るようだから、もしかしたらそう上手く運ばなかったかもしれないがな。俺がここへ駆けつけたのは、あいつが現れたとロクの報告を受けたからだ」

確かに、ロクは最初から彼女のことを疑っていた。それをヴィンセントに知らせたのだろう。

「イルザを捕まえに来たってこと？」

「あいつとは一応血が繋《つな》がっている。身内の失態をこれ以上見逃すわけにはいかない」

妹ではない、とは言いつつ、身内だとは思っているようだ。ならばそこまで徹底した手段には出ないかなと思うが、それで安心してはいられない。

「お前は事件に巻き込まれただけだ。なにも気にする必要はない。後は俺に任せておけ」

そう力強く言われたら、従わざるを得ない。フィーリアは不承不承頷いた。なんだかとても疲れた。気持ちの整理をするためにも少し落ち着きたい。

「分かったわ。もう疲れたし、私そろそろ休みたいんだけれど」

言外に部屋から出て行けとの気持ちを伝えたつもりだったのだが。

「今日はもう遅い。今から俺の部屋を用意させるのも気の毒だ。仕方ないから今夜だけお前と同室で我慢してやる」

「が、我慢って……！」

　こっちの方が我慢を強いられる状況なんですけど、と声高に主張したいところだ。

「俺はロクが戻るまで休むわけにいかないが、お前は好きに寝ろ」

「だっ、だったら私もロクさんが戻って来るまで起きているわよ」

「……無理するな」

「無理していないわよ！」

　そう強く言ってはみたが、それから少しもしないうちに瞼《まぶた》が重くなり、気が付けばベッドにごろんと横たわり深い眠りの中に落ちていた。


「……分かっています。あなたには私を毒殺しようなんて野心も度胸もないわ」

　皇太后はフィーリアの顔をじっと見つめながら力なく笑った。

　翌日の早い時間にフィーリアは他ならぬ皇太后に呼び出されて彼女の寝室へとやって来た。

　手当が早かったので命に別状はなかったが、毒を飲んでしまったことで内臓が少しやられたらしく、しばらくは寝たきりで食事制限もかかるそうだ。

　毒物は皇太后が飲んでいた紅茶と、フィーリアが飲もうとしていた紅茶と、茶葉に入っていたそうだ。毒物混入の犯人にされるかと恐れていたが、フィーリア自身も危うく毒入り紅茶を飲むところだったという事実と、意外なことに皇太后自身がフィーリアの身の潔白を主張したそうだ。

皇太后は天蓋《てんがい》のついたどっしりとした寝台に上半身を起こした状態で、フィーリアはその横にある椅子に腰掛けて話していた。人払いをしていて、近くに人影はない。

「私も油断したわ。まさかあなたを使って私に毒を飲ませようとは。それに、私の故郷の茶葉を使うなんてね。いつもは毒が混入されていないか確かめてから口にするのに、あまりの懐かしさに冷静さを欠いてしまっていたわ。それも狙《ねら》いだったのかもしれないわね」

確かに、あのときの皇太后は早く紅茶を飲みたいと周囲を急かしていた。本来は毒味などをする必要があったのかもしれない。

「犯人はあの娘……あなたに茶葉を渡したのもイルザなのでしょう？」

「それは……」

肯定することも、否定することもできなかった。嘘をつくこともできなかったし、だからといってイルザに疑いが向くような証言をするのにも躊躇《ちゅうちょ》があった。

「これで分かったでしょう？　あの娘はただの娘ではありません。見た目のように純真な娘ではないわ。腹の底ではなにを企んでいるか……アーベルはすっかり騙《だま》されているけれど。全く、あの子はどうしようもないわね」

昨夜ロクがイルザを確保しようとしたのだが、そのときにはイルザはブラッドと共に姿を消していたとのことだった。追っ手をかけているが、今のところ発見の知らせは届いていない。

「あなたはなぜ犯人はイルザだと言わないの？　自分が疑われても仕方がない状況なのよ」

「それはそうなんですけど。なにか決定的な証拠があるわけでもないので」

「証拠もなにも、あの娘があなたに茶葉を渡したのでしょう？　これ以上の証拠があって？」

イルザが犯人だとして、フィーリアに自らの手で紅茶を渡すという愚を犯すかと疑問なのである。フィーリアが証言すれば、自分が疑われるのは必定である。

（だから毒を渡して逃げたってことなのかしら？　それから、皇太后様をそれほどまでに恨んでいるようにも見えなかったのだけれど）

それもイルザの演技だというのだろうか。

だとしたら、自分は完全に騙されていることになる。

「イルザに茶葉を渡した別の人物が毒を入れた可能性もありますし。私は確かにイルザから茶葉をもらいましたけど、それだけで犯人と名指しするのはちょっと。無実の罪を着せたと分かったら、逆に私の立場が危うくなります」

「あなた。思っていたよりも頭が回るのね。そういう冷静さは少しもないと思っていたけれど」

侮られているのは確かだったが、反論せずに受け止めておいた。

「……あの娘は、あなたに罪を押しつける気だったのよ？　どう、暗殺する気になった？」

「そ、それはないです」

この期に及んでまだ言うか、と、それだけははっきりと主張しておいた。

「ふん、まあいいわ。ところであなた、私がこんな目に遭ってざまあみろと思っているでしょう」

「ざまあみろ……自業自得だとは思いますけれど。人を簡単に暗殺しろなんて言うから、それが自分の身に返ってきたのではないでしょうか」

「あなた、人の痛いところを衝《つ》くわね」

皇太后の顔が少し緩んだような気がしたので、調子に乗って更に言葉を続ける。

「これで皇太后様が死んでその容疑でイルザが逮捕されれば、うるさい祖母と問題ありの小《こ》姑《じゅうと》という邪魔者が一気にいなくなって、私、大勝利でした。しかも自分の手は汚さずに！」

「……あなた大したタマね。一瞬、ヴィンセントの嫁として認めてもいいかと思ったわ」

皇太后はぷっと噴き出した。

皇太后を笑わすというのが最後の課題だったら、これで勝利できたのになと非常に残念だ。

「それで、そのヴィンセントはどこへ？　昨夜こちらへ着いたと聞いたけれど」

「今は出掛けています。すぐに戻ると言っていましたが、行き先は聞いていません」

「ヴィンセントの部下が私の応急手当をしたと聞いたわ。私が毒を盛られる前にあの娘を逮捕できなかったのは残念だけれど、あの娘の逮捕容疑を固めてここへ駆けつけたというから、まあいいとしましょう。他の者ではここまでの動きはできないでしょうからね。本当に、ヴィンセントを孫と認めて良かったと思うわ」

我が婚約者を誉められているのだろうが、なぜか嬉《うれ》しいという気持ちにはなれない。血の繋がった孫であるのに、その手柄でしか人を見ていないような気がするからだ。

「あの娘、夫をふたり殺したらしいわね」

「そのお話、皇太后様のお耳にまで入っているのですね。私はなにかの間違いだと……」

「容疑は固まっているわ、後は逮捕するだけ。あの娘、本当にとんでもない女だわ。それにあなたを陥れようとしたのだから、暗殺するのになにも躊躇《ためら》うことがないわね」

「だから！　何度言われてもそんな気にはなりませんから」

しつこいな、と思いながら、もう一度ちゃんとお断りしておいた。皇太后はつまらなそうに鼻を鳴らした。

「まあ、いいわ。捕らえられたら極刑は免れないでしょうから」

「そっ、そんなあ……」

そういえば、結婚の許可は諦めて王都に帰るつもりで、皇太后にもそう報告しようと思っていたがそれどころではなくなってしまった。

（イルザの無実を証明するまで、ここからは離れられないわ。やっぱり、ヴィンセントに任せ

きりになんてできない）
最後まで自分だけでもイルザの味方でいようと決めた。きっとなにもかも誤解なのだと、フィーリアはこの期《ご》に及んでも信じていた。

「僕は本気だったんだ……本気でイレーヌのことが好きだったのに。酷いじゃないか、まさか僕の妹で、名前も偽っていただなんて。ああ！　これほどの裏切りがあるだろうか。僕はね、フィーリア、本気でフェリング岬から身を投げようと思ったよ」

アーベルは居間のカウチに横たわり、この世の終わりみたいな顔をしていじいじと座面を擦《こす》っていた。

ノイヴィゼ宮殿からの帰り際、ロクを伴ってバロワ邸のアーベルを訪ねたのだった。

アーベルはヴィンセントがやって来ているとの話を聞いていて、フィーリアの側《そば》にまずヴィンセントの姿を探した。ヴィンセントとは別行動を取っていると言うとほっと胸を撫で下ろし、フィーリアを屋敷へと迎え入れてくれたのだった。

「イレーヌは……いや、イルザだったよね、本当の名前は。彼女は最初から僕を騙そうと思って近付いてきたのだろうか？　……そうだよね、それ以外考えられないよね」

ふぅ〜〜〜っと、こちらの気が重くなるようなため息を吐き出した。

「そうですね。アーベル様はイルザの顔も知らなかったみたいですけど、イルザの方はもちろん知っていたでしょうし」

「そうだよねー」

「血の繋がった兄なのに、私の顔も知らずに呑気《のんき》に暮らしているなんて許せない、くらい思っていたかもしれませんね」

イルザを気の毒に思うあまり、ついついアーベルに対して棘《とげ》のある言葉を吐いてしまった。

「えぇぇぇ？　だって仕方ないじゃないか！　フィーリアは知らないかもしれないけれど、毎年のように父上の子供だと主張する者が現れるんだ！　数えてないけど、二十人くらいはいるんじゃないかな？」

「そんなあっちこっちの女に手を出してたんかーい！」

思わずツッコミを入れたくなった気持ちも分かって欲しい。あんなお堅そうな顔で『お前を息子の嫁としては認めん』などと偉そうに言っていた男が、そこまで好色だとは。国王とアーベルの血の繋がりを強く感じる。

「いやいや、もちろん自称ってことだよ？　中には父上が会ったことすらない女性の子供がいるから。でも、その中でもイルザとその双子の弟であるグレンはほぼ父上の子供に間違いないと聞いていた。イルザの母親が僕の母上の侍女をしていたんだ」

「双子の弟がいるの？　イルザは確か頼る人がいないなんて言っていたけれど、その弟さんに頼ることはできないのかしら？」

「弟の方は嫁ぐ前に亡くなったと聞いた」

「ああ……そうだったのね」

イルザの周囲は死の気配で満ちている。ふとそんなことを思ってしまった。

「それで……アーベル様はイルザがどこへ行ったかは？」

「知らないよ、そこに立っている彼に何度もしつこく聞かれたけれどね」

アーベルは恨みがましい顔をロクへと向けた。ロクは涼しい顔で窓際に立ち、時々外の様子を確かめながらフィーリアとアーベルに気を配っている。

「フィーリアを訪ねると言って外出して、そのままだよ。部屋に置き手紙が残っていた。これ以上僕に迷惑をかけるわけにいかないから出て行くって。健気《けなげ》な娘だよね」

アーベルは肘掛けに顎をのせて、はぁぁぁ、とため息を吐き出した。

「僕のことを『アーベルお兄様』なんて呼んでくれてさ。僕はかわいい妹であるイルザを守るためならばなんでもする覚悟だったのに」

「なんでも……」

「あっ！　だからって僕がイルザを匿《かくま》っているってことはないからね。本当にどこへ行ったか知らないんだ」

アーベルの様子からその言葉に嘘がないと思えた。

というか、彼がこんなに上手に嘘をつけるとは思えない。短い付き合いだが、素直で単純で、腹黒い企みなどできない愛すべき王子であることは分かっている。

「イルザがお祖母様に毒を盛ったなんてなにかの間違いだ。イルザは誰かにはめられたんだ！」

「誰かって、誰にだと思われます？」

「うーん……例えば君に」

相手が王子だということを忘れて額を小突いてしまった。そんなことあってたまるか。

「冗談だってば。フィーリアだったら毒なんて使わずに、相手の喉《のど》に噛《か》みつくと思うし」

「私はそんなことしません！」

兄弟《きょうだい》揃《そろ》ってどこまで私を愚弄《ぐろう》するのかとさすがに頭にくる。

「じゃあ別の誰かだと思うけれど。とにかくイルザが犯人ということだけはあり得ないよ。偽名を使って僕に近付いたことも泣いて謝ってくれた。国王の娘だとは認められていないのに『あなたの妹なんです』とは言えなかったようだ。この屋敷に逗留したのも、実の兄である僕と一時でも一緒に暮らしたかっただけだというし……。これでもイルザは悪者だと思う？」

フィーリアは首を横に振った。

イルザが名前と経歴を偽っていたのは確かだが、それほどの悪意を感じることはできない。

「僕は王都に帰ったらお父様にイルザを僕の妹と認めるように頼もうと思うんだ！　イルザの美しさや気品は王族ゆえだと思うんだよね。お父様もイルザに会ったら納得するよ」

「そんな簡単にはいかないと思いますが……」

フィーリアは魔王の父こと、アーヴィング国王のことを思い出した。いつも不機嫌そうで頑固そうなあの国王は息子の言うことも一蹴《いっしゅう》しそうである。

「それに、アーベル様のお母様は反対するんじゃないかしら？」

「いや、母上はそんなこと口に出さないと思う。王妃たるもの愛人のひとりやふたりにたじろいでなんていられない。愛人に子供が生まれたときには、むしろ、王家の血を引く者を産んでくれてありがとうと感謝しなければならない立場だし」

王妃にとってなにより大事なのは世継ぎを残すことである。それが自分の子供であっても、他人の子供であっても。しかし、そう簡単に割り切れるものかなと引っかかってしまう。

「でも、腹の中ではどう思っているか分からない。ヴィンセントが王子として王宮に迎えられたときも、歓迎しますと真っ先に手を差し出したのは母上だけれど、それからしばらく眠れない夜が続いたようだと母上の侍女に聞いたし」

「そ、そうだったのね。王妃様とは、大変なお立場なのね」

フィーリアは未《いま》だに会ったことがない、第一王妃アリシアの話だった。一年ほど前から体調を崩し、王宮内に住んでいるものの公式な行事以外はあまり顔を見せないのだという。美しく優しい王妃であるとの評判は聞いている。

「でもその前にイルザに話を聞いて、疑いを晴らさないといけないわね。だって、なにかの間違いに決まっているもの」

「ああっ、フィーリア。君だったらそう言ってくれると思ったんだ！　あの華麗な女性が、そんな犯罪に手を染めているなんて僕だって思えない」

「……なかなか甘い考えだな。王宮で大切に大切に育てられた王子らしい意見だ」

不意の声に振り向くと、そこにはヴィンセントの姿があった。

いつの間に屋敷にやって来たのかと聞くより前に、

「ぎゃっ！　ヴィンセント！」

アーベルが小さく叫んでフィーリアの背中に隠れてしまった。子供かよ、と唖然《あぜん》とする。

ヴィンセントはそんなアーベルを見下げながら、ため息混じりに言う。

「アーベル殿下、少し冷静になってお考えください。イルザは殿下がお考えになっているような女性ではありません。二度の結婚を経験し、二度夫を亡くしています。そのような気配、イルザからお感じになられましたか？」

「い、いや」

「ならば、あいつは相当に狡猾《こうかつ》だということです。アーベル殿下が情けをかけるような者ではありません」

「いやっ、でもっ！　一度は面倒を見ていた女性を、そう簡単に見捨てるなんてできない！　それに彼女は僕の妹なんだ！　妹のことは、兄である僕が守る！」

アーベルはぶんぶんと首を振り、そして胸に手を当てながらはっきりと言い切る。

「イルザがお祖母様を殺そうとしたなんてあり得ないっ！　僕は最後までイルザを守るよ！」

そういう逞《たくま》しい台詞《せりふ》は、できれば人の背中に隠れていないで堂々と言ってくれないかなあと思う。

「……それで？　話は終わったのか？」

アーベルの言葉をさらりと無視したヴィンセントがフィーリアに問う。確かにこのかわいくない弟よりも美しいイルザの方がいいだろうなと思う。

「え、ええ……まあ、そうね。アーベル様の様子が気になって立ち寄っただけだから」

「ならば帰るぞ」

ヴィンセントはそっけなく言って部屋から出て行ってしまった。どうやらフィーリアを迎えにここへ来ただけで、久しぶりに会った兄と話すためではなかったらしい。

「そ、それでは、アーベル様。イルザのことでなにか分かったら、また」

「うん。ヴィンセントが無理やりイルザを捕まえたりしないように、見張っておいて！」

それはまた無理難題を、と思いつつ、バロワ邸を後にした。

その翌日になってもイルザの行方は知れなかった。

見つかって無理に逮捕されるよりは見つからない方がいいかもしれない。しかし、彼女の無実を証明するためにはとにかく会って話をしたい、との思いが絡まる中、突然の手紙が届いたのはフィーリアが寝支度を整えようとしているときだった。

不意に首筋に風を感じ、振り向くと窓がわずかに開いていた。

窓を開けた覚えはないし、今は部屋に誰もいない。ぞっとしながら窓をよくよく見ると、そこに紙切れが挟まっているのが見えた。

ふたつに折られた紙切れを広げると、そこにはフィーリアへと向けたメッセージが書かれていた。

本当にこんな寂しい場所でいいのか。

不安になりながら手にしているランプを周囲へと向ける。見えるのは墓標ばかりで、それはフィーリアの気持ちを一層不安にさせた。

厚手の外套《がいとう》を纏《まと》っていてもかなり寒い。体を震わせながら冷たい夜の下を歩いていった。

あの手紙はイルザからのもので、事情を話したいからフィーリアひとりで来て欲しいと書いてあった。

しかし、いくらフィーリアでもこの状況は警戒せざるを得ない。イルザのことは信じているが、彼女が誰かに騙されて皇太后に毒を盛ったり、誰かにそそのかされてフィーリアを呼び出した可能性もあるし、あるいは彼女の名前を騙《かた》った誰かに呼び出されている可能性もある。

（たぶん……誰か付いて来ていると思うのだけれど）

密《ひそ》かに騎士団の詰め所を抜け出して来たが、誰かが気付かないはずはないと期待してここまでやって来た。イルザを騙すようなやり方かもしれないがこちらの身の安全も確保しておかなければならない。

そこは町外れにある、廃墟《はいきょ》となった教会だった。

手紙には地図も描かれており、迷うことなくたどり着くことができた。

煉瓦造りの壁はあちこち剥《は》がれ、窓には板が張り付けてある。耳を澄ますと亡き者の声が聞こえてくるように思えて、そこへ近付くには少しの勇気が必要だった。

フィーリアは教会の入り口に立ち、朽ちかけた木扉を三回ノックした。そして少し間を置いてもう三回。それが、この扉を開けるための合図だったのだ。

冷たくなった手に息を吐きかけながら待っていると、内側から金属音がして、扉がギギギギ、と音を立てて開いた。

「フィーリア！　来てくれたのね！」

響いてきた明るい声に安堵《あんど》する。

イルザはフィーリアへ抱きついてきた。ああ、やっぱり私の知っているイルザだと思いながら優しくその背中を撫でた。そして、その背後に立つブラッドの姿を見つけた。恐らくは彼が騎士団の詰め所までやって来てフィーリアの部屋に手紙を残したのだろう。

そして教会の中へと迎え入れられ、祭壇の横にある扉から小部屋へと案内された。

暖炉には火が灯されていた。その前に置かれた長椅子に腰掛け、さっそくイルザに話を聞くことにした。

「私は逃げているつもりはなくて、ただ故郷へ帰ろうとしていただけだったのだけれど……」

アーベルに迷惑をかけないようにと屋敷を出て、しかし途中で自分が追われているらしいと知り、とりあえず身を隠せる所をとブラッドにこの教会を探してもらった。それはごく自然の流れのように思えた。

「私がフィーリアにあげたお茶に毒が入っていて、私が疑われているんでしょう？」

イルザは全てを承知しているようだった。目の下に濃くくまをつくり、唇を噛みしめている。あらぬ疑いをかけられて、戸惑っているようにしか見えない。

「フィーリアも、私がやったと思っているの？」

「そんなことあるわけないわっ！　私は、イルザの無実を証明しようと思ってここへ来たの」

フィーリアはイルザの肩を抱いた。

「本当に？　でも、私の無実を証明したらフィーリアに疑いが向くんじゃない？」

「私のことは心配しないで。とにかくまずはイルザの身の潔白を証明しないと！」

「とても逞しいわフィーリア。でも、私の無実を証明するって、一体どうやって？」

　イルザはフィーリアから体を離して小首を傾げた。

「もしイルザが紅茶の葉に毒を交ぜたとしたなら、その毒がどこかにあるはずでしょう？　それが見つからなければいいのよ」

「見つからなければいい……？」

「そのためには、イルザの荷物でもなんでも調べてもらえばいいのよ。黒十字騎士団の人たちに、あるいはこの街にいる国家警備隊の人たちに調べてもらうのがいいわ」

「……用心深い人なら、そんな毒とっくに手放していると思うけれど？」

「そっ、それはそうだけど」

「それに、男の人たちに自分の荷物を調べられるなんて気が進まないわ」

　そんな悠長なことを言っている場合ではないのだが、同じ女性として気持ちは分からないでもない。

「フィーリアが私の荷物を調べてくれないかしら？」

「え？　えぇ、私が？」

「それで、みんなに私は毒なんて持ってなかったって言ってくれればいいのよ。うん、それならいいわ」

イルザは壁際に置いてあった鞄《かばん》を持ってきて、テーブルへと上げた。そして鞄を開いて、フィーリアへと場所を空ける。

「ええっと……じゃあ、調べさせてもらうわね。それでなにもなかったら、イルザの荷物には怪しいものはなにもなかった。皇太后様の殺人未遂容疑も考えた直した方がいいって言うわ」

「ええ」

フィーリアは中の物をテーブルの上へと出していった。古びた本や日記、スカーフや装飾品の中に、布にくるまれた茶色い小瓶を見つけて手を止める。

小瓶の中には半分くらい粉状のなにかが入っている。

「……イルザ、これは？」

「それ？　それは気付け薬よ」

そう言われればそうかとも思う。しかし、それが本当に気付け薬かは確かめる必要があるだろう。フィーリアは小瓶を手にしながら、じっとそれに目を落としていた。

「もしかしてフィーリア、それが毒だって疑っているの？」

「疑っている……っていうか」

「酷いわっ、私を信じているって言ったのに！」

イルザが急に大きな声を出したので、驚いて身を引いた。

イルザはフィーリアの手から小瓶をひったくり、暖炉の上にあった水差しを取りグラスに水を注ぎ、そこへ小瓶の中身を入れて交ぜた。

「……フィーリアは、私の無実を信じているって言ったわよね？　でも、これが毒かどうか疑っている」

「毒、とは思わないけれど、念のために中身を確かめたいなと思っていただけよ」

「だったら、この水が飲み干せるわよね？　だって、これは毒なんかじゃない、ただの気付け薬よ。私のこと、信じてくれるわよね？」

「そ、それは……」

疑いたくはない。しかし、なんだか怪しい。

（イルザの言う通り、イルザを信じているなら飲めるはず。でも……）

「やっぱり……最初から私のこと疑っていたのね……。私をかばうようなふりをして、私に罪を押しつけるために来たのね……酷いわ……こんなこと」

イルザの頬《ほお》を涙がつたった。

「やっぱり、私のことを信じているなんて嘘だったのね。言われたんでしょう？　ヴィンセント兄さんに私が毒を持っている証拠を見つけて来いって。私を騙したんだわ」

「そんなことない……！　私は、イルザを信じて！」

「だったら、この水を飲み干せるはずよね？」

イルザはフィーリアへとグラスを差し出した。フィーリアはそれを遠慮がちに受け取った。香りはない。色も変わっていない、無色透明な水のままだ。

だが、フィーリアの野性的な本能が『これを飲んではいけない』と言っていた。

（で、でも、私はイルザを信じるって決めたんだし。これが毒であるはずがない。イルザはそんな娘じゃないもの）

フィーリアが生唾《なまつば》を飲み込み、グラスへ口をつけようとした瞬間、手の中にあったグラスが誰かに攫《さら》われた。

「そんなもの、お前が飲む必要はない」

「ヴィ、ヴィンセント？」

いつの間にここへ来たのだろうか。ヴィンセントの手には今までフィーリアの手の内にあったグラスが握られていた。

「ヴィンセント……兄さん……」

突然の登場にイルザは驚いた様子だった。一歩、二歩と後ずさってから、しかしなにかの覚悟を決めるように手をぐっと握り、目をつり上げた。

「ひっ、酷いわフィーリア！　ひとりで来てって言ったのに！」

「そっ……それは」

「こいつが勝手に部屋を抜け出したから、俺が勝手につけて来ただけだ」

ヴィンセントはそう言うが、彼が付いてきてるかも、とは半分期待していたことなので、気まずさを感じて目を逸らしてしまった。そんなフィーリアの態度が気に入らなかったのか、イルザは声を荒げる。

「そもそもは、ヴィンセント兄さんがいけないのよ！　私たちのこと、売るような真似《まね》をして……！　信頼していたのに」

突然現れたヴィンセントにイルザはすっかり興奮したようだった。ヴィンセントはなんて反論をするかと思っていたが、なにも言わずにイルザのことを見つめていた。それは、彼には珍しく憂いに満ちたもののように思える。

「もうこんなことはやめろ。悪いようにはしない」

「三年前もそうだったわよね？　そう言って悲嘆に暮れる私たちを残して自分はさっさとどこかへ逃げてしまった」

「あの頃は戦争の真《ま》っ只中《ただなか》だった。別に逃げたわけではない。そのことで誤解をしているのならば……」

「誤解？　誤解なんかじゃない！　私は……！　私は国王の子として認めて欲しかっただけで、ヴィンセント兄さんになんとかならないかと頼んでいたのにそれを……っ！　私たちを国王に取り入るための道具に使っただけじゃない！」

イルザはあらん限りの声で叫ぶ。まるで嵐《あらし》の中心にいるような気持ちになる。

（国王陛下に取り入る？　それはないと思うんだけど……）

ヴィンセントの性格からそう考えることができる。なにか誤解があるのだろうとは分かるのだが、イルザの迫力を見るに、どう説明してもすぐに納得してもらうことは難しいだろう。

「……お前は、そういうふうに思っていたのか」

「そういうふうもなにも……！　ヴィンセント兄さんが私たちを裏切ったのには間違いないじゃない！　その上、私に皇太后毒殺の容疑を押しつけるなんて……！　いくら婚約者がかわいいからって！」

「え？　そっ、そんなふうに思っているの？」

フィーリアの呟きは、恐らくイルザには届いていないだろう。

どうやらイルザはヴィンセントに手酷く裏切られたと思い……その上、自分の婚約者にかかった容疑を晴らすため、イルザに罪を押しつけようとしている、そう誤解しているようだ。

「どうすればお前の気が済む？　この毒入りの水を飲み干せばいいのか？」

（なっ、なにを言い出すのよ、ヴィンセント？）

ヴィンセントがなにを考えているのか全く分からない。いつものヴィンセントらしくなく、イルザを慮《おもんぱか》っているようだ。

（ヴィンセントはイルザを無理にどうこうしようとは思っていない……たぶん身内だと思っているからよね？　それがイルザに伝わればいいのに）

しかし、すっかり頭に血が上っているイルザにそれを分からせるのは難しい。

「私を信じているのなら、その水を飲み干して！」

イルザは挑戦的な目つきで腕を組んだ。

「……分かった」

そう言うとすぐに、ヴィンセントはグラスの水を一気に飲み干した。

一瞬の水を打ったような静寂。

そして、次に聞こえてきたのは床を震わすような音と小さな破裂音だった。

「ヴィ、ヴィンセント……！」

ヴィンセントが口許《くちもと》を覆いながら床に倒れ込んだのだ。そのすぐ側には彼が手にしていたグラスが砕けている。信じられない思いでその光景を見つめた次の瞬間、フィーリアはヴィンセントへ駆け寄っていた。

しゃがみ込んでヴィンセントの様子を確かめる。

まだ息はある。しかし、顔は蒼白で息が荒く、額には脂汗が滲《にじ》んでいる。早く手当をしないと命が危ないかもしれない。そう予感させるような状況だった。

(信じられない……！　ヴィンセントが、死ぬ？　そんなまさか！)

さっと血の気が引き、地面がぐらんぐらんと揺れているような感覚に包まれた。

「……バカね、本当に飲むなんて」

イルザは冷たく吐き捨てるように言った。

「イ、イルザ……？」

「あなたみたいな婚約者ができて、ヴィンセント兄さんも甘くなったようね。こんな手に引っかかるなんて」

まるで人が変わったように冷たい声だった。腕を組んだまま、侮るような瞳でフィーリアを見つめている。

ここにきて、ようやくフィーリアは理解した。イルザは、フィーリアが思っていたような娘ではなかったのだと。皇太后も、ふたりの夫も、彼女がやったのだろうと。

「ブラッド！　例のものを使って！」

そう言いながらイルザは近くにあった布で自分の鼻と口を覆った。

なにを、と周囲を探ると鼻腔《びくう》を鋭くくすぐる、香のような匂いを感じた。

振り向いた先に居たブラッドの手には、白い煙を吐き出す小さな香入れがあった。

（もしかして……揮発性の毒？）

そう思った次の瞬間には意識が途切れた。

第五章　私、監禁生活なんてうんざりです！

なにかがパチンと目の前で弾《はじ》けたように、ぱっちりと目が覚めた。

体を起こしてみるが、頭が重くてすぐにまた体を横たえたくなる。が、フィーリアが今まで寝ていたのはどうやら固い床上のようで体のあちこちが痛む。これは堪《たま》らないとなんとか上半身を起こし、どのくらい気を失っていたのかと思い、辺りの様子を確かめる。

長く手入れされていないだろう古びた部屋だった。天井には蜘蛛《くも》の巣があり、埃《ほこり》っぽさに咳《せ》き込んだ。

攫《さら》われるのは慣れている。正直またかという気持ちだったが、今回はいつもとは違う。

フィーリアのすぐ横にはヴィンセントがいた。

これは幸運と思えた。彼が居ればどんな強固な砦《とりで》からもやすやすと脱出できるように思えた。

ただ問題なのは、ヴィンセントに意識がなく、顔色が悪く、ちょっと見た目に巨大な死体が転がっているように見えることだ。

「ヴィ、ヴィンセント！」

そういえば彼は毒を飲んで瀕死《ひんし》だったのだと唐突に思い出して肩を揺さぶるが、目覚める気配はない。

「結婚する前に死ぬなんて駄目よ！　このままじゃ私、未亡人にもなれないから当然遺産ももらえないし、新たに結婚相手を見つけるにも、あの暗黒第三王子の元婚約者だなんて引き受けられるかっていう人がほとんどだろうし。この先どうやって生活していけば……！」

「……ふざけるな。人が死にかけているというのに」

ヴィンセントがうっすらと瞳《ひとみ》を開けた。

彼の体に触れたときからその体温を感じていたので、死んでいるはずはないと分かっていた。意識があるかを確かめたかったのだが、この通りである。とりあえず安堵《あんど》した。

「やっぱり死んだふりだったのね。危うく騙《だま》されるところだったわ！」

「お前はどんな状況になっても変わらないな。いっそ尊敬する」

こんな挑発にあっさり乗って来たということは、頭もちゃんと働いているということだ。そのことにも胸を撫《な》で下ろした。

しかし、ヴィンセントの声はいつもより張りがないように思えた。助かったとはいえ毒を飲んだのだ。全くの無事、とは言い難いだろう。

フィーリアは立ち上がり、その途端に襲ってきた頭痛に顔をしかめつつ壁に沿って置かれたソファを確かめた。埃を払えば床に直接横になるよりもずっといい。

フィーリアはソファの埃を払い、ヴィンセントを支えてなんとか立たせ、ソファまで移動させた。やはり相当具合が悪そうだ。

早く人を呼ばなくてはと思い、ドアノブに手をかけるが予想通りビクともしない。窓は鍵《かぎ》がかかっている上に外側から長い板を斜めに打ち付けてある。つまり、ふたりはこの部屋に監禁されている状態ということだ。

大きく息を吐きつつ、改めて部屋を見回す。

煉瓦《れんが》造りの暖炉があり、天井が高く、窓が大きく取られた部屋だ。元あった家具はほとんど運び出されているようで、残っているのは暖炉前のソファと本が数冊だけ収められた本棚、小さな袖机《そでづくえ》くらいだ。どれも厚く埃が積もっている。

暖炉の上には肖像画がかけられていただろう痕跡《こんせき》が残っている。かつての当主の肖像画でもかけられていたのだろうか。

窓の、斜めに打ち付けられた細い板の隙間《すきま》から覗《のぞ》くと、遠くに連なっている山々と手前には森が見えた。そして窓はバルコニーへと続いていた。今は外側から打ち付けられた板のせいで外には出られなかったが。

夜にイルザの許《もと》を訪ね、変なものを嗅《か》がされて意識を失って……今は夜が明けて少ししたくらいだろうか？　木々の上に白い靄《もや》がかかっている。

恐らくは、イルザとブラッドの手によってここへ運ばれたのだろう。

しかし、たったふたりでどうやってとも思う。ふたりの他《ほか》にイルザに味方する者たちがいる可能性もまだ捨てきれない。

それにしても、その目的がよく分からない。ふたりともこの屋敷のどこかに居るのだろうか。

もう一度ヴィンセントの様子を確かめようと振り返ったところで甲高い音が響き、ゆっくりと扉が開けられた。そこに立っていたのはイルザと、背後にブラッドの姿があった。フィーリアは反射的にヴィンセントの許へと駆け寄る。

「……そんな怯《おび》えた顔をしなくてもいいわ。大人《おとな》しくしていたら命までは奪わないから」

腹の底まで冷え込むような暗い声が、本当にイルザから発せられたとは信じ難い。

イルザは扉の前で腕を組んで立ったまま、視線をヴィンセントへと動かした。

「死にはしないと思うけれど、数日は体を動かすのは無理ね」

「やっぱり、あの小瓶には毒が入っていたのね？」

鋭く聞くとイルザは冷めた表情を浮かべ、鼻で笑った。

「あの毒、あなたにわざと見つけてもらったの。難癖をつけて、あなたがあのまま毒を飲めば攫うのに楽だというくらいの気持ちだったけれど、まさかヴィンセント兄さんが飲んでくれるとはね。そのおかげでずっとことが上手《うま》く運んだわ」

最初からフィーリアを攫う目的だったことが彼女の言葉から推測できる。一体なんの目的なのかはまるで分からない。

「本当はあなたを攫ってヴィンセント兄さんに復讐《ふくしゅう》しようかと思っていたけれど、こうしてふたりが手に入ったから、計画を変えたの。……まさか、ヴィンセント兄さんを攫うことができるなんて思ってもいなかったから」

それはそうだろうと大いに納得する。彼を攫うなんて企《たくら》む方が愚かだ。

「あのいけ好かない皇太后《こうたいごう》を脅すことにしたの。毒殺は失敗したから。……大切な孫とその婚約者を返して欲しければ、私を国王の子として認めろ、とね」

「……そんなことをしてなにになるの？」

「少なくともあの高慢ちきの皇太后を困らせることはできるわ。あの女はヴィンセント兄さんを国王にしようと企んでいたから。その計画がフイになるかもと焦るでしょうね」

「ヴィンセントを国王にですって⁉　そんなまさかっ！　皇太后様はその危険性について果たして理解しているのかしら？　今すぐ皇太后様の許へ行って問い質《ただ》したい……いいえっ！　命を懸けて説得しないといけないわ！」

そう言いながら立ち上がり、イルザの横を通り過ぎようとしたらあっさりと手首を掴《つか》まれた。どさくさに紛れて逃げようとしたのだがそうはいかなかったようだ。

「新聞に大々的な広告を出したのよ。ヴィンセント兄さんとその婚約者を返して欲しければ私を王族の一員として認めなさい、とね。皇太后に脅迫文を送るだけならば握り潰《つぶ》される可能性もあるけれど、新聞広告ならば多くの人の目に留まるわ。無視するわけにはいかない」

「そんなっ！　新聞に大々的に広告を出すなんていくらかかると思っているの？　もったいない！」

「あなた……本当に変わっているわね？　貴族の令嬢なのにお金のことを気にするなんて。この状況でそんなことを言えるのはあなたくらいだわ。自分の命の心配をした方がいいんじゃなくて？」

イルザはそう言うが、お金は大切である。

イルザはもう頼る実家も頼る人もいない。あのまま猫を被《かぶ》ったかわいい妹を演じていればアーベルを頼ることはできたかもしれないが、それはもう無理だろう。

そんなお金がかかることをしていることから、イルザがなりふり構っている場合ではないのだと想像できる。これが失敗したらもう後がないとイルザ自身思っているのではないだろうか。

そして、そんな状況に追い詰められた人はなにをするか分からない。

「要求が通って王族として認められて、王宮に入ることができたとしても、世間の風は冷たいわ。もしかしてイルザは王女となって、周囲から蝶《ちょう》よ花よと扱われることを夢見ているかもしれないけれど、現実はそう上手くは……」

「はんっ！　そんな夢みたいなことは考えていないわ。ただ、私は国王の子として認められればいいの！　王宮にいる、身分だけ高い間抜けな貴族たちになにを言われても平気よ」

「お父さんに、自分の子だと認められたいだけなのね」

フィーリアの言葉に、イルザは痛い不意打ちを食らったとばかりに眉根《まゆね》を寄せた。そんなイルザに、ブラッドはいたわるような視線を向けている。

「とっ、とにかく、大人しくしていれば危害は加えないわ。逃げようなんて考えないことね」

イルザはくるりと背を向け、部屋から出て行ってしまった。ブラッドはなにか意味ありげな視線をフィーリアに投げつけてから、その後に続いた。

そして再び鈍い金属音が響いた。外から鍵をかけたのだろう。

この状態、一体どうしたらいいだろうと思いつつソファに横たわるヴィンセントに目を向け、深く深く嘆息した。

大人しくしていれば危害を加えないとの言葉通り、しばらくするとブラッドの手によって朝食が運ばれてきた。

「ブラッドはイルザに長く仕えているのよね？」

話しかけるが返答はない。頷《うなず》くことすらしない。

「ねぇ、イルザに考え直してくれるように進言できないかしら？　こんなことをしたってなにもならないわ」

「……」

無言に空気が重くなる。

そういえばブラッドが話すところなどついぞ見たことがなかった。いつもイルザの後ろに控えて、暗い瞳でイルザを見つめているだけだ。表情からその気持ちをくみ取ろうとしたこともあったが、なにを考えているのか全く分からなかった。

しかし、フィーリアはめげずに話しかけ続ける。

「主人が間違ったことをしたとき、それを止めるのも従者の仕事だと思うけれど」

ギリッと音がしたかと思うほど鋭い視線を向けられて、フィーリアは思わず身を引いてしまった。

なにか言われるかもと身構えたが、ブラッドはそのまま部屋を後にした。もちろん外側から鍵をかけるのは忘れない。

フィーリアは不意に感じた寒さに背中を震わせながら、朝食のパンを千切ってそれを口に運ぼうとした。お腹《なか》は空いていたのだ、すごく。

しかし、空腹を満たそうと口に運ばれたパンはその手前で阻まれた。ヴィンセントがフィーリアの手首を掴んだのだ。

「お前……少しでも毒が入っているかもと疑ったりしないのか？」

今までソファに横たわっていたはずなのに、移動する元気はあったらしい。

「そんな回りくどいことしないと思うけれど。匂《にお》いも普通だし」

「俺《おれ》が毒味をしてやる」

言いながら口を開ける。フィーリアの手の中にあるパンを自分の口に入れろということだろう。

（お腹空いているのに）

しかし素直にパンをヴィンセントの口へと放り入れた。ヴィンセントはそれを咀嚼《そしゃく》し、ごくりと飲み込んだ。

「よく分からないな。もう一切れ寄越せ」

「う、うん」

言われるがままにパンを千切ってヴィンセントの口の前へ持っていった。

そして、もう毒味には充分だろうにもう一切れ、もう一切れと次々とパンを千切り、ヴィンセントへと食べさせていった。

（なにこれ？　いつの間にか私がヴィンセントにパンを食べさせていることになっている!?）

とうとうパンがひとつなくなった。そこで初めて、

「どうやら毒は入っていないようだな。次はそのスープを食わせてみろ」

ブラッドが運んできてくれた朝食は、パンがふたつにスープに果物だった。フィーリアは言われるがままにスープをスプーンですくってヴィンセントの口へ運ぶ。次は果物だと言われて

同じようにする。

「どうやら毒は入っていないようだな。好きに食べろ」

偉そうに言って、ソファに戻ってしまった。

気付くとヴィンセントは自分の分の朝食をすっかり平らげていた。

「おのれ……」

呟《つぶや》いてみたが、ヴィンセントはこちらを見ようともしない。朝食で腹を満たしたから、これから本格的に寝る気満々のようだ。

（ま、まあ体調が万全じゃないから仕方ないかな……毒の影響なのかとてもだるそうだし）

病人だと思えばいい、と割り切った。

そうしてフィーリアはぺこぺこすぎて悲鳴を上げそうな腹に食べ物を詰め込んでいった。

「ねぇ、私たちこれからどうなるのかしら？」

ついつい不安を口にしてしまった。

「さあな。とりあえずあのババアが助けを寄越さないことだけは確かだ」

寝ているのかと思ったが意識があったようだ。横たわった体勢のままで言葉を返してきた。

「え、でも。新聞にでかでかと書かれたら、さすがになにもしないわけには」

「そんなものに動じるタマではない。しかし、普通に脅迫状を書くよりは威力があるだろう。さすがだな」

「……って、誉めている場合じゃないでしょう。こんなことをしたらイルザはただでは済まないし、私たちのことでみんなに心配をかけているかも。早く逃げましょう……って、聞いている？　ヴィンセント？」

急に反応がなくなった。彼のところへ歩み寄って見ると、静かな寝息が聞こえてきた。

（毒の影響かしら……。やはり彼を殺《や》るには毒が有用……なんて場合じゃなくて。なんとかここから逃げなくちゃ。黒十字騎士団がやって来てこの屋敷を崩壊させる前に……！）

そう決意するのだが、すっかり弱っているヴィンセントを見ると果たして自力での脱出が可能かどうか、不安がかき立てられてしまうのだった。

ヴィンセントは逃走の役に立たない。

ならば自分が屋敷から抜け出して助けを求めに行くより他ない。ヴィンセントと一緒に逃げるのが一番なのだが、体調が万全でない彼がそうそう動けるとは思えない……朝食をぺろりと平らげたのであんまり心配はないと思うが。そして体の大きい彼を自分が担いでいくなんて不可能だ。

フィーリアが暖炉を調べていると、自分の背が届くところに横穴を見つけた。背伸びして覗いてみると、煤《すす》けた壁が見えた。どうやら隣の部屋と繋《つな》がっているようだ。

（ここから隣の部屋へ行って、そこからどこかへ逃げられないかな？）

もしかして他に仲間が、と思っていたがその気配はない。半日屋敷で過ごしたこととなるが、人の気配も物音もないのだ。となると、警備は薄いはずだ。

ヴィンセントは今は平気そうだが、毒を飲んだのだ。いつどうなってしまうか分からない。徐々に体の機能を弱める毒もあるという。逃げるなら早いほうがいい。

ただ、まだ外が明るいうちに逃げるのはどうかと思う。夜になり、晩ご飯をいただいてから逃げようと決意を固めた。

（お腹が空いていると、なにもできないし……！）

呑気《のんき》と思われてもいい。万全の体調で逃げ出すのが得策だ。起きて直《す》ぐよりはずっと体調がいいが、フィーリアは変な匂いがする香のようなものを嗅がされたのだ。頭も重い。それがすっかり体の中から抜けるのを待つ意味でも、決行は夜がいい。

そしてフィーリアは晩ご飯をすっかり腹に収めてから、行動を開始した。

ヴィンセントは夕食を食べた後、やっぱり体調が思わしくないのかすぐにソファに横たわってしまった。本当に大丈夫なのかと聞いても生返事しか戻ってこない。彼のことだから、本当に死ぬような苦しい思いをしていても、なにも言わないような気がするので余計に心配だ。よくよく観察すると腹のあたりを押さえているような気がする。

（まさかっ、毒で内臓が爛《ただ》れて酷《ひど》いことになっているのでは！）

そんな想像を働かせながら、今、ヴィンセントを助けられるのは自分だけなのだからと脱出を強く誓った。そして、脱出することはヴィンセントには告げないでおいた。止められるに決まっているからだ。

（待っていて！　すぐに助けを呼んでくるから！　今回は私がヴィンセントを助けるわ！）

フィーリアは暖炉に見つけた穴をくぐって、その向こうへと抜けた。

思った通り、隣の部屋の暖炉に繋がっていた。暖炉から顔を出し、周囲を確かめるが人影はない。足音を響かせないようにと気遣いながら出て行った。

扉に近付き、そっとドアノブを回してみる。

やすやすと開いた扉に、フィーリアは歓喜の雄叫《おたけ》びを上げそうになった。これならばイルザたちに気付かれさえしなければ、あっさりと逃げられそうだ。

扉を薄く開けて外の様子を確かめる。隣の、フィーリアたちが監禁されていた部屋の扉が目に入る。外から鎖で何重にも巻かれ、大きな錠前がつけられている。

体を滑らせるようにして部屋を出て、通路の壁に背中を預け慎重に歩を進めていった。

あっという間に行き止まりにたどり着いた。

隠し扉とか隠し階段とかがないかと一応確かめてみるがそんなものはない。さっそく道を間違えた……と思いながら素直に元来た通路を戻って、反対側へと歩いていった。

階段を見つけて一旦立ち止まり、階上から、あるいは階下から物音がしないことを確かめて、そろりそろりと下りていった。

(それにしても……ヴィンセントが自ら毒を飲むなんて。考えられない)

まさに自殺行為である。彼が自ら命を絶つなどと、たとえこの世界から太陽がなくなったとしても決してあり得ないと思っていた。なにか狙《ねら》いがあったのか、と考える。

(毒を飲んで相手を油断させる……？　いやいや、油断させる必要なんてないし。イルザが持っているのが毒であると身をもって示して……なにになるって話よね？　こうして攫われてしまったわけだし)

幼い頃《ころ》から知る彼の性格と照らし合わせて考えても、納得のいく答えは出ない。

(狙いもなにもなく、それほどイルザのことを負い目に思っていたのかしら)

彼も肉親には弱いのだろうかと考えた。そういえば、ヴィンセントは母であるマリアンヌにはとても弱い気がする。ならば、妹であるイルザにも弱いのかもしれない。

そうよね、あんなに美人の妹なんだから……と考えるとモヤモヤしてきた。

(いやいやっ、別に嫉妬《しっと》しているわけじゃないわよ。妹に嫉妬したって仕方がない……)

どこかで誰《だれ》かから聞いたことがある。姉や妹に過剰な愛を注ぐ夫は、浮気をするより質《たち》が悪いのだと。浮気ならば堂々と相手を責めることができるが、身内を大切にするのは当然なので咎《とが》めるわけにはいかない。赤の他人である浮気相手には勝てるかもしれないが、血の繋がりがある姉や妹には一生勝てない。

（ううんっ！　ヴィンセントに限ってそんなこと）

しかし、イルザは夫をふたりも殺したという嫌疑があるのに、問答無用で捕まえることはしなかった。

フィーリアをひとりフェリングへ行かせ、自分は王都に残ったこともそうだ。

ヴィンセントは王都にイルザが来るのを待ち構えていたわけだ。しかも、イルザらしい女性が現れたと聞き、急ぎフェリングへ駆けつけた。

（私より、妹であるイルザのことが大事……）

ふっと浮かんでしまった言葉を、大慌てで何回も首を横に振って追い出した。

（そっ、そんなことより今は逃げなくっちゃ！）

気合いを入れるように拳《こぶし》を握り、強い足取りで歩き出すがモヤモヤとした気持ちが晴れることはなかった。

それにしてもかなり古びた屋敷だ。歴史ある、といった方がいいだろうか。天井は蜘蛛の巣だらけで床にはよく分からない黒い点々が落ちている。たぶんネズミのものだろうなと思う。

階段を下りきったが、まだ一階にはたどり着いていないようだ。他に階段があるのかもしれない。

通路を進んで見つけた窓の外を見ると、どうやらここは二階であるようだった。だとするとフィーリアがいた部屋は四階になる。かなり大きな屋敷だ。

(元は誰が住んでいたんだろう？　この辺りの領主かしら？)

考え事をしながら歩いていると、突然ギイッと嫌な音がして床板が崩れ落ちた。

慌てて飛び退《の》いて、まじまじと足許《もと》を見つめる。腐った床板を踏み抜いてしまったらしい。

思った以上に老朽化している。音に気付いてイルザたちがやって来るのではないかと恐れ、物陰に隠れて息を潜めていたが、ふたりがやって来る様子はない。

しかし、いつ逃げたことを気付かれるか分からない状況だ。フィーリアの心は急いていた。

近くにあった扉から部屋の中へ入り、窓際へゆっくりと進んでいく。

見たところ外から板を張り付けている様子はなく、すぐ近くに納屋と思われる小屋の屋根が見えた。

(この窓から外へ出て、納屋の屋根に渡って壁づたいに下に降りる。完璧《かんぺき》ね)

窓は外側へと開くようになっている。

老朽化した屋敷である、立て付けが悪くなっているかもと思い、力を込めて窓を押すと思ったよりもずっとあっさり窓は開いた。

「あわわわわぁ」

勢いをつけすぎてそのまま窓の方へと倒れ込むような形となってしまう。

このままでは外へと落下する、と焦って窓枠の方へと手を伸ばすと、それよりも前に腰をぐっと抱かれ、部屋の中へと引き戻されてしまった。

助かった……けれど、見つかった⁉

破裂しそうに高鳴る心臓を抱え、恐る恐る背後を探る。

すると、そこに居たのはイルザでもブラッドでもない。呆《あき》れた顔をしたヴィンセントだった。

「え……？　ヴィンセント？」

「部屋を抜け出してこんなところでなにをしているんだ？」

「具合が悪かったのではなかったの？」

今の彼は全くの健康体に見える。事実、フィーリアに勘づかせずにここへやって来たのだ。

フィーリアは人の気配がしないかといつも以上に気を張っていたし、物音にも敏感になっていたはずなのに足音ひとつなかった。

「まあ、それはなんだ……」

もごもごとはっきりしない物言いだ。

「ちょうど良かったわ、ふたりで逃げましょう！　ほら、あの納屋へと飛び移って……」

フィーリアが言い終わらないうちにヴィンセントは開いていた窓を閉め、フィーリアをやすやすと担ぎ上げ、部屋から通路へと出た。

「え、ええっと……逃げない、と……」

あまりのことで気が動転し、上手く言葉が出てこなかった。

「話すな。奴《やつ》らに気付かれる」

それはそうだよな、と口を閉じていたらヴィンセントは元来た通路を戻り、階段を上がり、元居た部屋の辺りへと戻ってきた。鎖のついた錠前はそのままだったので、ヴィンセントは隣の部屋に入り、窓からベランダに出て監禁されていた窓の板を外し、そこからフィーリアを部屋の中へと下ろした。自分は板を元のように戻して、暖炉ではなく壁を抜けてきた。

「え？　そんなところに穴が開いていた？」

本棚の陰になっている目立たない場所ではあるが、昼間さんざん調べて回ったのにそんなところに穴はなかった。

「こんな穴、いくらでも作れる」

なんともなしに答えたヴィンセントは、きっと腕力で物事を解決したのだろう。

(全然ピンピンしてるじゃない！)

とりあえず、彼の命が危ないかもしれないから早く逃げなければ、という目的は消滅した。

「なんだか、ずいぶんと元気そうなんですけれど」

「敵を騙すのはまず味方からと言うだろう？」

ということは、朝の時点からピンピンしていたということか。

「だったら早く逃げましょう！　イルザは皇太后様を脅迫しているようだし」

「いや、しばらくここに居ることとしよう」

そう宣言すると、ソファに腰掛け長い脚を組んだ。

「は？　なにを言っているの？」

「思えば、軍務長官となってから余計な仕事ばかりが多く、お前と居る時間が少なかった」

「は？　そう？　暇があると花嫁修業を続けていた王宮の私の元へとやって来ては、私を小馬鹿《こばか》にしていったような気がするけれど」

王宮に居た頃は毎日のように顔を合わせていたから、そんなふうには全く思わなかった。

「俺は疲れている、少し働きすぎた。たまには休みが欲しい」

「そ、そうかしら？　この前だってプロージャに行って半月くらい休んでいたじゃない？　それを挽回するために忙しくしていたんだと思っていたけれど」

「少しまとまった休みが必要だ。しばらく休むことにしよう」

そう言ってヴィンセントはソファへと寝転んだ。

あまりのことに言葉を失っていたが、しばらくしてからはっと我に返り、声を荒げた。

「こんな荒れ果てた屋敷に監禁されている状態で、そんな気持ちにはなれないんですけど！」

「そう言うな。飯は勝手に出てくるし、昼寝だっていくらでもできる。いい環境だ」

「ヴィンセントはそれでいいかもしれないけれど私は嫌だわ！　私だけ逃げるからその手助けをして！　ヴィンセントは思う存分ここで休めばいいから」

「……毒で弱った婚約者を置いて逃げるとは。冷たいな」

「全然弱ったようには見えませんけど！　それによくよく考えたらこれはヴィンセントの家族の問題じゃない。それに巻き込まれるなんてごめんだわ」

王族であるから大きなことになるのだが、要は隠し子が認知しろと祖母に迫っているだけの話である。家族のことは家族の中で解決して欲しい。

「俺とお前は婚約したんだ。俺の家族の問題はお前の問題でもある」

「ぐ……、確かにそうだけど。でもっ、だからって私が監禁に付き合う理由はないわ。ヴィンセントこそ、婚約者の私がこんな目に遭っているのに私だけでも助けようと思わないの⁉」

「お前は薄情な奴だ。自分だけ助かればそれでいいのか？」

「いくらでも逃げられるのに逃げないからそう言っているのよ！　こんなことに付き合っていられないわ！」

更にフィーリアが言葉を重ねてもヴィンセントはのらりくらりとかわすだけだ。だんだん息が切れてきて、そしてバカバカしくなってきた。

「……あいつのやりたいようにやらせてやりたい」

やがてぽそりと呟かれた言葉になにも言えなくなる。兄としての複雑な思いがあるのだろうか。

（でもそれって、そんなにイルザが大切だってこと？　美しい妹のためならば婚約者を巻き込むなんて、なんでもないってこと？）

ついついそんなことを考えてしまう。

ヴィンセントがイルザに負い目があるにしても、そこまでやるかという気持ちは拭《ぬぐ》えない。

（……モヤモヤする。なんだかお腹のあたりがずーんと重い）

こんな気持ちになるなんて自分でも意外で、それを認めたくない気持ちが働いて更に気が重くなる。

そうして、フィーリアとヴィンセントはしばらく監禁されることになったのだが、早くもその翌日にはヴィンセントなんて見捨ててあのときひとりで逃げれば良かった、と後悔するのであった。

翌日の朝に現れたイルザは、毒を飲んでいるはずなのに意外とピンピンしているヴィンセントを見て、ブラッドに後ろ手をきつく縛らせた。

「思ったよりも回復が早かったみたいね。逃げてもらっては困るのよ」

そしてブラッドは丁寧なことに足もきつく縛った。これで、ヴィンセントは身動きが取れない状態となってしまった。

「……こんなところに穴が？　いつの間に空いたのかしら？　建物って手入れをしないとこう

も脆《もろ》くなってしまうものなのね」

　昨日《きのう》ヴィンセントが空けた壁の穴も目聡《めざと》く見つけて塞《ふさ》いでしまった。

「変な気を起こさないでね。私だってこれ以上殺したくないんだから」

　それは夫ふたりを殺したことだろうか。イルザは不敵な笑みを浮かべそう言い捨て、ブラッドとふたり部屋から出て行ってしまった。

　外から鍵をかける音が響いてくるが、それは昨日よりも時間をかけているように思えた。頑丈な鍵にでも付け替えたのか、あるいは鍵を二重にしたのかもしれない。

「あー……やっぱり休暇のつもりで監禁生活を楽しもう的なことを言っていたから、バチが当たったのね」

「婚約者が縛られているのに、言う台詞《せりふ》がそれか」

「ヴィンセントがこんなふうに縛られているなんて初めて見たし、これからもそうそう見られるものじゃないわね。しっかりと瞼《まぶた》に焼き付けて、ヴィンセントに腹立たしいことを言われたときにはこの光景を思い出して、溜飲《りゅういん》を下げることにするわ！」

「どうしてお前と婚約することにしたのか。自分の判断を呪《のろ》いたくなることがある」

「それはお互いさまよっ！　やっぱり昨日のうちに逃げておけば良かったのに！　イルザのやりたいようにさせたいって気持ちは分からないでもないけれど、このままじゃイルザは破滅するだけだし」

「それを覚悟で俺たちを攫ったんだろう。それほど追い詰められていたということだ」

やはりヴィンセントもそう思っていたのだと、改めてイルザの身の上を思った。

嫁いだ先の夫をふたり殺害し、皇太后を毒殺しようとし、更に第三王子とその婚約者を誘拐して、自分を国王の子として認めろとの要求を叩《たた》きつけた。

入念な計画があるのではなく、行き当たりばったりの行動に思える。王女として王宮に入りたいわけではないというし、とにかく王族に復讐しようとしているようにしか思えない。

その先にイルザを待っているものはなんだろう。もう、逃げ場はないように思える。

すっかり変わってしまったイルザにも衝撃が隠せない。かわいくて思いやりがあって周囲の空気を明るくする、いい友人だと思っていたのにあれは全部演技だったのだろうか？　裏切られた思いが大きい。

「それにしても、皇太后のところに現れるとはな。復讐するにしても要求を叩きつけるにしても国王か俺に対してだと思っていた。だから王都にいたのだ。あの姉弟を国王の子として認めることに反対したのが皇太后だと知り、フェリングへ来たのだろう。皇太后さえなんとかなれば国王に言うことを聞かせられるとの考えのようだな」

フィーリアもまずは皇太后に婚約者と認められてこいと国王に言われてフェリングへやって来たのだ。皇太后の発言はかなりの影響力があるのだな、と改めて思う。

「この屋敷は、恐らくあいつらが住んでいた屋敷だろう。半年前に祖父が、続いて母が死に住む者がなくなったようだ。俺の記憶では確かフェリングの近くだった。俺たちを運び監禁するのにもってこいの場所だったのだろう」

「え？　半年？　そんなに時間が経《た》っていないように思えるのに、この屋敷の荒れ方は酷くないかしら？」

「元々、あまり裕福でない伯爵家の子供たちだったからだ。人が住んでいるときもあまり手入れが行き届いていなかったのではないか？」

そう言われて納得した。元は裕福だった家が経済的に追い込まれ、大勢の使用人を雇えなくなり、広い屋敷で家族が生活する部屋だけ手入れをして、後は放っておかれたのだろう。

「……そんなことより手足を縛られたままで床に転がされている婚約者を見てなんとも思わないのか？」

「あ、ああっ。そうよね。すぐにほどく……」

ロープをほどこうとするのだが、がっちがちに縛られておりなかなかほどけない。それでもなんとかして、と試みるうちに指の先が切れてしまった。

「ほどかなくていいから、そこのソファに寝かせてくれ」

もうそこがヴィンセントの定位置になってしまっている。フィーリアはヴィンセントを立たせる手助けをし、そして体を支えながらソファへと移動させてなんとか座らせた。

「手だけでもなんとかほどけないかしら？　不便で仕方がないでしょう？」

「そうだな、朝食がとれない」

そういえば、イルザとブラッドがやって来たときに一緒に朝食を持ってきたのだった。

「食わせてくれ」

「はあ？」

思いっきり反抗心を込めた、はあ、だった。

「どうして私がヴィンセントに朝食を食べさせないといけないのよ」

「俺を飢え死にさせる気か？」

「ヴィンセントなんて、十日くらいなにも食べなくてもピンピンしてそうなんだけど」

「目の前に食べ物があるのに食べさせないなんて、酷い拷問だ」

まるでこちらを責めるような視線に負けて、不本意ながら首肯した。

「まずはここに座れ」

ヴィンセントは自分の隣を顎《あご》で指し示した。フィーリアは朝食の皿を持ってそこへ腰掛ける。

するとヴィンセントはフィーリアの肩に自分の頭を預け、そして小鳥が親鳥にご飯をねだるがごとく口を開けた。

（な、なんという横着な！）

そんな人にあげるご飯はありません、と言いたいところだったのだが、もう言い争うのも面倒で渋々とヴィンセントの口にパンやらスープやらを運んでいった。

こうして、フィーリアがかいがいしくヴィンセントに朝食を食べさせる羽目となったのだった。

朝食を食べてしまうとやることなどなにもない。

フィーリアは自分の膝《ひざ》を枕《まくら》にして呑気に寝ているヴィンセントの頭を持ち上げて、膝の代わりに近くにあったクッションを挟み込んで立ち上がり、窓際へと歩いた。窓の外をじっと眺め、助けがやってこないものかと祈っていた。

(団長と婚約者が攫われたんだからすぐにでも黒十字騎士団が救出に駆けつけていいと思うんだけど、その気配はないわね)

それにここは元はイルザの屋敷だったという。一番に疑って駆けつけてもいい場所ではないだろうか。

助けが来ないのにはなにか訳があるのではと勘繰ってしまう。なにしろイルザの件はロクが調べていた。有能な彼ならば、すぐに追って来てもいいようなものだ。

空は曇天で、そのせいで部屋の中も薄暗い。気持ちも落ち込んでくる。

(うーん、こんなことならイルザの暗殺を素直に受けた方が良かったのかしら?)

そんな物騒なことまで考えてしまう始末である。

「あぁー、いっそのことソファをぶん投げてこの窓を破って外へ出ようかしら？　飛び降りても運良く助かるかもしれないし」

「待て。そんな一か八かに賭《か》けるほど俺と一緒に居るのが嫌か？」

　奴め、やっぱり寝たふりをしていたのかとため息混じりに振り返る。ヴィンセントは体を起こしてフィーリアのことを見つめていた。

「そういうことじゃないわよ。もう攫われるとか監禁されるとかうんざりなの！　早く自由の身になりたい！」

「少し落ち着け」

　手招きをされて、素直にそれに従いヴィンセントの隣に腰掛けると、大きな手がすっと伸びてきてフィーリアの頭を撫でた。

　ああ、こうやって頭を撫でられるのは気持ちがいいなとうっかり思っているうちに、なぜ縛られているはずのヴィンセントが掌《てのひら》でフィーリアの頭を撫でられるのだろうと気付いた。

　顔を上げると、ヴィンセントの手首を縛《いまし》めていた縄がするっとほどけていた。

「その手……！」

「ああ、しまった」

　平易な声で言いながら、せっかくほどいた縄を自力で手首に巻き付け、元のように手を縛り上げた。

　その見事な手さばきは、見ていて惚《ほ》れ惚れするくらいだった。

「……って！　感心している場合じゃないわ！　その縄、自力でほどけるんじゃない！」

「なにを言っている？　両手が自由であるお前が固くてほどけなかったような縄だぞ？　自力では無理だ」

では、私は幻でも見たのかと暴れたい気持ちだ。

フィーリアはヴィンセントに後ろを向かせ、もう一度挑んでみたが縄は固くてやはりほどけない。自力でここまで固く結べるなんて、黒十字騎士団ではどんな人間離れした訓練をしているのだろう。

「そうまでしてここに留《とど》まりたいわけ？」

「言っている意味がよく分からない。自ら望んで監禁されたいと望むなど、どこの変態だ」

お前だ、と指を差して糾弾してやりたいところだ。

それに、休暇のつもりでここに居る、と昨日言っていたではないか。その記憶力も責めたいところだ。

とにかく、しばらくこの屋敷を離れる気がないことは分かった。そして、自分はそれに付き合う他ないようだ。もうため息しか漏れないが、それならそれでもうちょっと事情を知りたいと思う。

「イルザとのことにはいろいろと誤解がありそうだけれど……。なにがあったの？」

「ああ、そうだな。こうして巻き込んでしまった以上、話すしかないのか」

そうやって心底嫌そうな顔をする人に無理に話を聞き出すつもりもないのだけれど、語ってくれそうなので素直に耳を傾けた。

「俺がイルザたち姉弟に会ったのは、今から三年前のことだ。当時は戦争の真っ只中《まただなか》で、俺は王子として王宮に迎えられたはいいが、急に黒十字騎士団の団長を任ぜられ、荒れくれどもをまとめ上げなければならなくなった。加えて慣れない王都暮らしで疲労し、我ながらあまり余裕がない状態だった」

そういえば、ヴィンセントの口からプロージャを離れた後、王都でなにがあったのかを聞くのは初めてだった。ヴィンセント自身が余裕がない、と言っているのだからかなりのものだったと想像する。

「そこへやって来たのがイルザたちだ。当時十四歳だった弟妹を無下に追い返すわけにもいかず、話だけは聞いてやると言ったら、自分たちの身の上を話し始めた。俺と同様、国王に子供だと認められずに辛《つら》い思いをしてきたのだそうだ」

イルザはブロウズ伯爵の孫娘で、イルザの母は第一王妃の侍女であったことがあり、そのときに国王との間に産まれたのがイルザとグレンの双子の姉弟だった。

祖父であるブロウズ伯爵はその身にあまる大きな野望を抱き、初めこそイルザたちの誕生を喜び自分は王族の祖父となったのだと喜んでいたが、国王はイルザたちを自分の子とは一向に認めず、それどころかブロウズ伯爵は公式の晩餐会《ばんさんかい》に招待されなくなるなど立場が危うくなった。そして、ブロウズ伯爵はイルザたち母子に辛く当たるようになったのだという。

いくら国王に陳情しても返事すら来ない。国王の子と認められるのは、第一王妃の子であるテューリとアーベルだけであると諦《あきら》めていた矢先、ヴィンセントが国王の子であると認められて、王宮入りしたという話を聞いた。

もしかしたら自分たちにもそんな機会が巡ってくるのではないかと思い、故郷から王都へと直談判をするつもりでやって来たのだという。

「だが、王都で頼ろうとしていた親戚《しんせき》は姉弟に冷たく、逗留《とうりゅう》することを断られたそうだ。それで仕方なく俺の屋敷へ来た。じいはああいう性格だから、門前払いにはせずに招き入れた」

「ああ、そうね」

ヴィンセントの屋敷の執事を思い出す。イルザほどの美女を見て、旦那《だんな》様の妹君！　あの男の気配しかない暑苦しい黒十字騎士団を率いている旦那様に妹君！と鼻息荒く迎え入れたに決まっている。フィーリアのときも、フィーリアが女だというだけで張り切っていた。

「力になれればとは思ったが、初めから難しいとは感じていた。俺の母は古い侯爵家の血を引いていたが、イルザたち姉弟は貧しい伯爵家の血筋だ。そんな血筋を王族に入れたくない……と、それはお前も皇太后からさんざん言われただろうから分かるだろう？」

フィーリアは力強く頷いた。そのせいで困難な課題をいくつも言い渡された。

「でも、アーベル様には国王陛下の子として認められたがっている人が何人も居るって話を聞いたけれど……ヴィンセントはイルザたちのことを実の妹弟だと？」

「話に整合性があったことと、それから指と爪《つめ》の形が俺とよく似ていた」

「指と爪って……そんなことで？」

「単なる偶然で片付けてもいいようなことだが気になった。俺と国王も似ているところなんてまるでないと思っているが、指と爪の形だけは似ているんだ」

ヴィンセントと国王は顔も体つきもそっくりだと思うのだが、どうやら彼はそれを認めたくないらしい。

（結局は認められたとはいえ、ヴィンセント母子を何年も田舎町《いなかまち》に放っておいた父親だものね。気持ちは分からないでもないんだけれど……）

父親は国王という身分にあるのだから仕方ない、とは考えていないようだ。

「国王に進言するが、過剰な期待はするなとも言った。だが、イルザにとってはそれがやっと天から自分に授けられたまたとない機会だと思ったようだ。その目は期待に満ち満ちていた。弟のグレンは、国王の子として認められることにさほどこだわっておらず、ただ姉に付き合っているという雰囲気だったのだが」

そして国王にイルザたちのことを訴えてみるが、反応は思った通りのもので、国王はイルザたちの母のことすら会ったこともない、覚えていないと言い放ったそうだ。

ならば、せめてイルザに良い嫁ぎ先とグレンにそれらしい役職をとヴィンセントは求めたそうだ。『あなたには身に覚えがないかもしれないが、それでもとあなたを頼っている姉弟がいるのだ。情けをかけてもいいのでは』と。ヴィンセントらしくない、思いやりに満ちた行動のようにフィーリアは思った。

「あのときの俺にとっては、それが精一杯だった。黒十字騎士団を任されたはいいが、まだこれといった武勲を挙げられたわけでもない。俺ですら、いつ『やはりお前を王子などとは認められない』と言われてもおかしくない状況だった」

ヴィンセントはやれるだけのことはやったのだとフィーリアは思うことができる。あの、いつも人間味のない冷めた顔して自分で言ったはずのことを平気で翻《ひるがえ》す国王に対して、言えることといえばそのくらいだったろう。

「あの男は、そう言ってもなかなか聞き入れなかった。血も涙もない奴だ」

「あの……いくらなんでも自分の父親で、プロイラ王国の国王陛下に対してあの男はないと思うんだけれど？」

「あいつの頭の中には自分の保身のことしかない。そして面倒なことを持って来るなと言い捨てて、その場を去ってしまった」

ヴィンセントはフィーリアの言ったことなどさらりと無視で、国王をあいつ呼ばわりだ。よく似た親子だよ、とフィーリアは心の中で吐き捨てた。

「……だが、後に考え直したと思われる。イルザとグレンに宛てて手紙を寄越したそうだ。俺はその話をじいからの手紙で知った。俺はふたりに気が済むまで屋敷に逗留していいと告げ、王都を離れたのだ。今思えば、それが失敗だったのかもしれない。出立の前にでもふたりとよく話せていればこんなことにならなかったのかもしれない」

「こんなことって？」

「あいつが、ふたりの夫を殺害するようなことにはならなかったということだ。姉弟が望んでいたのは国王の子として認められることで、良い嫁ぎ先を得ることでも良い役職を得ることでもなかった。どうやら大きなお世話だったらしいな。特にイルザは急に嫁ぐように言われ、厄介払いをされたとでも思ったのかもしれない」

「ヴィンセントは……これ以上王族なんてものに振り回されず、別の人生を歩んだ方が幸せだと思ったのよね？　だから国王にそのように陳情した。でも、ふたりにはそのヴィンセントの厚意が伝わらず、誤解され、むしろ恨まれるという事態になっている、と」

「そうだな」

　ヴィンセントはさもありなん、と深く頷いた。

「……それ、ちゃんと話し合いましょうよ！　そうすれば分かってもらえたと思う！」

「だから、それは俺に否がある。そんな事情があるから、今度はあいつの好きなようにやらせてやろうと思っているのだ」

　そんな理由でこうやって監禁された状態でも逃げようとせず、縛られた手足もそのままでいるということか。

（いや、その気になれば外せるし、いくらでも逃げられると思うんだけど……）

そこに巻き込まれているフィーリアのことも少しは考えてほしい。

「イルザ、を次に見かけたのは先のアルバンでの会議のときだった」

「え？　まだ続きがあったの？　アルバンの会議って……マノン王国との戦後のあれこれを決める会議だったわよね？　今年の初夏に行われた」

「そこになぜかイルザの姿があった。ヴォルデン国に嫁いだと聞いていたので、アルバンにその姿があるのはおかしいと思い調べた。イルザは最初の夫を病気で亡くし、二度目の結婚でプロイラ王国内のとある子爵の家に嫁いだとのことだった」

「未亡人となってもすぐに嫁げるなんて。イルザの美貌《びぼう》がなせることよね」

「お前とは大違いだ」

「……さらりと自分の婚約者を侮辱するのはやめていただけるかしら？」

こちらの反応を窺《うかが》うような視線を向けるヴィンセントが腹立たしい。

「話を元に戻す。……あまり良い噂《うわさ》を聞かない子爵だった。イルザが王族の血を引くと知り、利用しようと企んでいるのかと勘繰った。その子爵の付き添いでアルバンに居たらしい。そして、アルバンで見かけたイルザは俺が知っているイルザではなかった」

最初は美人で優しくて気遣いもある淑女そのものだと思ったが、その後豹変《ひょうへん》したイルザのことを思い出した。幸せな結婚生活を送れなかったのだろうか。

「そして、今からふた月ほど前にイルザの二度目の夫が亡くなり、それと同時にイルザは行方《ゆくえ》不明となった。イルザが夫を毒殺したのだと夫の一族はイルザを血眼《ちまなこ》になって捜していた」

「そんな事情があったのね。よく分かったわ」

だったらもっと前にそう話してくれれば良かったのにと思う。だが、まだ身に迫っていない危機についてヴィンセントがなにも語らないのはいつものことだ。不安にさせたくないという配慮かもしれないが少し寂しい。ロクにはたぶん話して、警備を厳重にするように言ったのだと思う。イルザのことをロクが警戒していたのも、そのことがあったからだろう。

ヴィンセントにとってフィーリアは守るだけの存在で、一緒に戦っていくような存在ではないらしい。戦うといっても実戦ではない、そんなの無理に決まっている。なにか困ったことがあったり気掛かりなことがあったりしたときに、相談もしてくれないということだ。

(頼りない存在なんだろうなあ、私って)

ついついそう後ろ向きに捉《とら》えてしまう。ヴィンセントは普通の人ではない、魔王だ……ではなく、王子なのだ。その立場上、なにもかも話せないという事情は分かるのだが。

「俺が蒔《ま》いてしまった種だとも言えなくもない。だから、その芽は俺が摘まないといけない」

その真剣な表情からは、彼の強い決意が読み取れた。

(美人の妹のために……？)

ついついそんなことを考えてしまう。

ヴィンセントが、フィーリア以外の人のことをそこまで気にするのを見たのが初めてだったので、余計に気になってしまうのかもしれない。魔王にも人間らしい感情があったのね、と安心するべきところだったのに、素直にそう思えない。

（まあ……でもそんな事情があるんだから特別よね？　仕方ない、付き合おう。私もイルザのことをなんとかしてあげたいって思うし！）

そう考えることにしたのだが、それでも胸のモヤモヤは収まるどころか大きくなるばかりだった。


監禁には付き合おうと決めた。だからって、どうして私が毎食ヴィンセントに手ずからご飯を食べさせなければならないのか。意味が分からなかった。

「その縄、自分で外せるんでしょう？　だったら食事のときだけでも縄を外して自分で食べればいいじゃない！」

「手足の縄をほどいているときに奴らが入って来たらどうするんだ？　もっと厳重に縛られたらどうする？　動けないようにと毒を盛られる可能性もある。あいつは毒の扱いには慣れているようだからな。自分の婚約者がそんな目に遭って嬉《うれ》しいのか？」

もっともらしいことを言われてしまい、反論できない。

そうして毎食フィーリアがヴィンセントにご飯を食べさせ、その後は『ああ、毒の影響かまた具合が悪くなってきた』と病人とは思えないとても張りのある声で言うヴィンセントに枕代わりに自分の膝を貸して……という時間を過ごしていた。

「なんだか、今日《きょう》は特に冷えるわね」

フィーリアは窓の前に立ち、自分の体を抱きながらぶるりと背中を震わせた。

細い板が二本、クロスするように打ち付けられている窓ではあるが、日差しが入り込んでくるので昼間はいいが夕暮れとなるとぐっと冷えるのだ。暖炉に火が欲しい。

「そうか？　これくらいで寒いなどと、鍛え方が足りない証拠だな」

「誰がいつそんな鍛錬を……。ヴィンセントの周りにいる筋肉男たちと一緒にしないで欲しいんだけれど？」

「そんな寒いのか。……仕方がないな」

ヴィンセントはするりと自分を縛っていた手首の縄をほどき、そして大きく腕を広げた。

「お前がそうまで望むのならば、本当は暑苦しくて嫌だが、断腸の思いで、俺が温めてやらぬでもない」

「遠慮しておくわ」

さらりと言ってフィーリアは身を翻した。ヴィンセントとくっついていれば暖かいのは分かっていたが、彼の要求にあっさり乗るのは嫌だったし、それだけでは過ごせない寒さだったのだ。

フィーリアは扉の前に立ち、声を張り上げた。

「薪《まき》をー、薪を要求する！　暖炉に暖かな炎を！　監禁者の権利を守れ！」

扉を思いっきり叩いてみた。もちろんなんの反応もない。

「ああっ、寒い……！　このままでは寒さに震えてひとり儚《はかな》くなってしまいそうです。哀れな娘にお情けを！」

泣き落としの方向に変えてみたが、やはり反応はない。

「無駄だ。あいつらがいるのは屋敷にある一階の厨房《ちゅうぼう》だ。ここからでは声が届かない」

「……なんでそんなことを知っているのよ？」

「そんな気がしただけだ」

嘘《うそ》に決まっている。フィーリアが寝ている間に部屋からこっそりと抜け出して、彼らが居る場所を把握したに違いない。

「もう、こうなったら自力でなんとかするしかないわね」

そうしてフィーリアが目をやったのは窓にかかっているカーテンだった。

フィーリアがちょっと体重をかけると、それはあっさり破れて取れた。いい火種になりそうだ。

「おい、まさかそれを燃やすつもりか？」

そう言った彼の手には火のついた蝋燭《ろうそく》が握られていた。いつの間にか蝋燭なんて調達し、そしてそこに火をつけたのだろうか。とにかく彼は燃やす気満々である。

そうしてフィーリアが暖炉にカーテンを投げ入れると、ヴィンセントがすぐさま火をつけた。かさかさに乾いていたカーテンは一気に燃え上がった。

「あー、温まる！」

フィーリアが暖炉の前にしゃがみ込んで手をかざしていると、横から薪のようなものが投げ入れられた。

「そんなカーテンではすぐに燃え尽きる」

「それはそうだけど……そんな板切れどこで」

振り向いて見ると本棚が跡形もなくなっており、ヴィンセントの足許にちょうどいい長さになった板の山があった。

（い、いいのかしら？）

本棚を壊して燃やすなんて、と思ったがそもそもカーテンをはぎ取って燃やしたのは自分だ。人のことは言えない。

フィーリアとヴィンセントは暖炉の前に座りしばし暖を取った。なんだかんだとヴィンセントも寒かったらしい。

「こうしていると、昔を思い出すわね。私がヴィンセントに湖へ突き落とされて、びしょ濡《ぬ》れになってヴィンセントの屋敷の暖炉で服と髪を乾かした、ろくでもない思い出を」

「そんなこともあったか」

「あったわよ！　私が魚を捕まえようとして狙いを定めていたら、背中を急に押されたのよ」

「ああ……あのときのことか。突き落としたのではない、少し脅かそうとしただけだ。お前の鈍い運動神経のせいで均衡《きんこう》を崩して勝手に落ちただけではないか」

「って、気配もなく急に背後に回り込んでいきなり背中を押されたら、誰でも落ちるわよっ」

「しかしちゃんと冷たい湖に飛び込んで助けてやった」

恩に着ろ、とでも言いたげである。

「ヴィンセントが突き落としたんだから当然です。それで私を見捨てて逃げたら、一生赦《ゆる》さないところだったわ」

「すぐに絶交されたがな。もう道端で会っても話しかけないで、と」

「え……そうだったかしら？」

まるでそんなこと覚えていない。しかし、幼い頃の自分だったら、ヴィンセントに対してそのくらい言い放ちそうだ。

「そして翌日の日曜に教会で会ったとき、お前の方から話しかけてきた」

「……そうだったかしら?」

「姉からお下がりでもらったという髪留めを自慢された。お前の鳥頭は昔からだったな」

「そう、三歩歩いたら全《すべ》て忘れる……って、酷い侮辱だわ。それはきっと、私がでっかい度量で赦してあげたのよ、本当は絶交したいのをぐっと堪《こら》えていたのよ」

「そういうことにしておいてやる」

可笑《おか》しそうな表情をされてしまった。

暖炉の緩やかな光で照らされているせいか、ヴィンセントの表情はいつもよりも優しげに見えた。

「そういえば、私と早く婚約しようとしたのって、イルザのことがあったから?」

きちんと婚約者になった方が守りやすいとかなんとか聞いた覚えがあった。少し前にプロージャへ帰ったのも、今考えれば親に結婚の許可を取るためだったようだし。

「まあ、そんなところだ。あいつはあの通り、なにをしでかすか分からない危うさがある奴だから」

「それって、私をイルザから守るためよね? 確かにヴィンセントの婚約者になったから警備も厳重になったし、周りもそういうふうに扱ってくれるようになったし。そうやって私のことを大切に思ってくれるのは嬉しいけれど……」

でも、もうちょっと節度を持って、と言おうとしたところで。

「ちっ、そんなことあるか」

ヴィンセントはムッと顔を歪《ゆが》めた。

このいい雰囲気ぶち壊し男の頑《かたく》なさはどうにかならないのか。

「その舌打ちはなんなのよ!?　もうちょっと素直になったらどうなの？」

「俺は素直だ。お前の曲解がすぎるだけだ。だいたいお前と婚約したのは……国王の前でも言っただろう？　王宮内で大きな権力を持つ貴族の娘を嫁としたら、余計な争いが起こるだけだと。お前が都合が良かっただけだ」

「酷いっ、それはいくらなんでも酷い」

フィーリアは頬《ほお》を膨らませてぷいっとヴィンセントに背を向けた。

「やっぱりヴィンセントと婚約するなんて間違いだったわ。ヴィンセントは王子となって変わってしまったのね、田舎育ちの純真な乙女《おとめ》を騙すなんて……」

「誰が純真な乙女か」

やけに冷静にツッコまれた。

「だから、別に俺のためだと花嫁修業などする必要はない」

「またっ！　そうやって人の努力を全否定するようなことを！」

一体誰のためだと思っているのよ、と吠《ほ》えたい気持ちだ。

「田舎育ち丸出しのお前が少しでも俺に相応《ふさわ》しくなるためにと努力しているのは分かってい

る」

「分かっているんじゃない！　だったら、少しは誉めてくれても……って、誉められるためにやっているわけじゃないけれど」

だんだん自分は一体なにをしてきたのかと虚《むな》しくなってきた。ヴィンセントのことを思いやってがんばっていたつもりだったが、それは単なる自己満足だったのではないのか。

「もしかして迷惑なの？」

ついつい拗《す》ねたような声を出してしまった。

「迷惑なわけではない。むしろ……嬉しくなくもないような気もするが」

「どっち！　嬉しいのか嬉しくないのかどっち！」

フィーリアはヴィンセントの襟首を掴んで迫った。ヴィンセントはその迫力に呑まれたように一瞬目を瞠《みは》ってから、

「……感謝はしている」

フィーリアから目を逸《そ》らしつつ答えた。

「よっし！　今日はこのくらいで勘弁してやるわっ！」

フィーリアはヴィンセントの襟首から手を離して、満足げに笑った。

「……このくらいで勝ったと思うな」

「勝った！　私、大勝利！」

勝利の雄叫びを上げていたそのとき、扉のすぐ近くから金属音が響き渡りふたりの会話が中断された。そちらへと目を向けていると、扉が開き、ブラッドが現れた。そして冷たい瞳で部屋の様子を見つめた。

びくびくとその動向を窺っていると、いつの間にかヴィンセントは自分の手首に縄を縛り直してソファの上に腰掛け、素知らぬ顔を装っている。

（え……、この状況、もしかして全部私がやったことになっている？　いやいや、ヴィンセントも共犯だから！）

カーテンは私だけれど、本棚はヴィンセントだからね、と心の中で強く主張しておいた。

さすがに部屋にあるものを燃やすなんて怒られるかも、とイタズラがバレるのではとドキドキしていた子供時代を思い出す。

しかし、ブラッドは無言で扉を閉め、外側から鍵をかけて行ってしまった。

なんだろう、見逃してくれたのかなと思い安心して暖炉に手をかざしていると、しばらくしてから再びブラッドがやって来た。

「あっ！　薪！」

ブラッドは縄で縛られた薪をいっぱい持って来てくれたのだ。フィーリアが駆け寄り、薪を受け取ろうとするとこれまた無言でその塊のひとつを寄越し、後は暖炉の横に置いた。

「ありがとう、ブラッド！」

感謝の声にも一切反応することはなく、ブラッドは部屋を出て行ってしまった。

「親切にしてくれたのよね、薪を持って来てくれたってことは。それにしてもひと言くらい話してくれても」

「あれは、イルザたち姉弟と一緒に俺の屋敷に逗留していたときもひと言も発さなかった。あぁいう奴なのだ、気にするな」

「そ、そうなのね……」

しかし従者とは本来そうあるべきなのかもしれない。自由すぎるクロッシアだとか、逆に世話を焼きすぎるヴィンセントの執事とかは特別なのかもしれない。

そうして監禁されて二日目の夜も更けていった。

そして、この屋敷に監禁されてから三日目の夜。

その日は朝から風が強く、屋内にいても不安がかき立てられる日だった。窓枠が常にガタガタと揺れ、老朽化した壁も震えている。嵐《あらし》がやって来るのかも、という予感に苛《さいな》まれた。

「今頃クロッシアはどうしているかしら？　私がいないのをいいことに皇太后様に取り入っているような気もするわね。なぜか、クロッシアは皇太后様のお気に入りで……」

「どうしてクロッシアの話が出てくるのか解せない。あんな者のことなど、一生思い出さなくてもいいくらいだ」

　ヴィンセントはフィーリアの肩に寄りかかっていた。毒の影響なのか、体がだるいとか頭痛がするとか言ってやたらとフィーリアにくっついてくる。でかい図体で寄りかかられるとウザい、とは言えずに我慢している。そもそもあの毒はフィーリアが飲まされるところだったのをヴィンセントが身代わりになってくれた……とも言えなくもないからだ。

「まあ……一応クロッシアは私の従者であるわけだし、クロッシアがどこかで誰かに迷惑をかけたら私の監督責任だと言わざるを得ないわけで」

「……お前はあいつの保護者か。もう解雇しろ、あんな奴」

「それはそうなんだけど……。なんだかんだと私に付いてきてくれるから、私のことを主人としてちゃんと考えてくれてなくもないかなって。皇太后様と対面できたのも、クロッシアのおかげといえばクロッシアのおかげかもしれないし」

「ということは、あいつはお前の従者としてずっと仕えることになるのか？」

「それはそれで頭が痛いわね……」

「ところで、あいつの給金は誰が払っているんだ？　以前に少し話したときに、給金がいいから従者は一応続けているなどと言っていたが」

「給金がいいのかは他を知らないからよく分からないけれど……まあ、彼の従者としての活動時間を考えると破格かもしれないわね。一応、お父様からまとまった額を受け取っているはずだけれど」

「と、なると、将来的にはその給金を俺が支払うことになるのか？」

「あっ、まあ、そういうことになるのかしら？」

「お断りだ。今のうちに解雇しておけ。皇太后のお気に入りだというならば、皇太后に押しつければいい」

「なるほど、それもアリよね」

フィーリアとヴィンセントがどうやってクロッシアを解雇するかと画策していたとき、また一段と風が強くなってきたのか窓がガタガタと揺れた。本格的に嵐になったのかとそちらに目を向けると、突然窓が開いて、強い風がわっと入り込んできた。フィーリアの長い髪は風に煽《あお》られて後方へ飛ばされた。頭までそれに引きずられそうになる。

とにかく窓を閉めなければと立ち上がったところで風が止まった。何事かと思って見ると、窓を閉めた人物がいたのだ。またかよ、と言いたくなるような人物だ。

「ああ、酷い風だった。雨がないだけまだマシですが、時間の問題ですかね」

「貴様、なんのつもりだ」

そして、フィーリアに寄りかかっていたはずの人物が、その者の喉元《のどもと》になにか金属製の長い棒を突きつけているのが目に入る。あれは恐らく暖炉の前にあった火かき棒だろう。そして、どんな速さで自分を縛めていた縄を外したのかと驚くやら呆れるやらである。

「ヴィンセント様……！　私にお声をかけていただけるなんてそんな……！」

ヴィンセントがその気になれば即座に命を奪われかねない状況の者が上げるものではない、歓喜に満ちた声だった。

「いっそその手に力を込めて、私の首へとその火かき棒を刺し入れても良いのですよ！　ヴィンセント様にサツガイされるなんて夢のよう……」

ヴィンセントは火かき棒を収めて、苦虫を噛《か》みつぶしたような表情でデュアンから離れた。彼の心中を察する。

「デュアン。あなた一体どうしてここへ？」

「決まってるじゃないですかー。あなたたちを救いに来たんですよー」

まるで緊迫感のない口調だ。デュアンの声は弾み顔の筋肉は緩みっぱなしである。そんなにヴィンセントの近くに居れるのが嬉しいのか、とんだ変態だな。

「そっかー。ヴィンセントがいないとなったときに私が攫われたら、デュアンが私を助けに来てくれるわけね！」

「は？　私はヴィンセント様を助けに来ただけで、あなたなどもののついでです。師匠に対して尊敬の念を向けない弟子などその辺で野垂れ死ねばいい。勘違いしないでください」

ぺっと吐き捨てるような言葉だ。まあ、初めから分かっていたのだが。

「お前のような者に助けられるくらいならば、今すぐこの火かき棒を自分の喉に刺して死ぬ」

「え？　やめてよ！　こんなところで死なれたら血なまぐさくて仕方がないし、空気の入れ換えをしようにも外は強風で窓も開けられないし！　なにより掃除が大変だわっ」

「お前は！　本当にいい根性しているなっ！」

心外である。ぴりぴりとした空気を和らげるために軽く冗談を言っただけだ。

ヴィンセントは火かき棒を暖炉の横に置いてフィーリアの許へと戻り、フィーリアの肩をぐっと自分の方へと抱き寄せると、油断ない目つきでデュアンを見つめた。別にデュアンがフィーリアになにをするわけでもないだろうに……だって、彼の目当てはヴィンセントだけだから。

「なんの用だ？　俺の方には用事はない」

「そんな。相変わらずつれないですね。まあ、いいです。あなたたちを助けに来ました。あの娘、皇太后を脅迫するようなことをして、なにを考えているのかよく分かりませんが、皇太后にはその条件を呑むつもりはないようです。と、なると人質の無事を気にするのは普通のことでしょう？　いつものヴィンセント様ならばすぐに逃げ出すどころか攫った相手の命まで奪うところなのに、この三日なんの音沙汰《おとさた》もない。攫われるときに毒を飲まされたらしいので、もしや儚くなってしまったのではと危惧《きぐ》したのですが、ご無事でなによりでした」

デュアンはそこまでを一気にまくし立て、ふうっと息をついた。

「あなたが率いている黒十字騎士団の面々も、この場所はとっくに分かっているはずなのに救出に向かう気配がない。仕方なく私が様子を見に来たわけです」

「お前の手などいらない。今すぐ立ち去れ」

「冷たい言葉ですね。でもまあ、そうもいきません。今回は私の独断で動いているのではなく上からの命令なので」

　デュアンが所属しているトニトルスの聖槍《せいそう》という組織は、ヴィンセントを国王にしようと企んでいる。上から、とは、その組織の上層部からの命令ということだろう。

「あんな組織の命令で動いているならば尚更だ。お前の手助けなどいらない」

「あなたを救おうといくらでも動けるのに、それをせずにのうのうとときを過ごしている黒十字騎士団よりも、我々の方が役に立つとは思いませんか？」

「……」

　ヴィンセントは無言で否定の言葉を返したようだった。デュアンは自分の手助けを断られるとは半ば予想していたようで、やれやれと肩をすくめるだけで済ませた。

「とりあえずヴィンセント様の無事は確かめられました。自力で逃げ出すことはできそうですが、今はそれをしない理由があるようですね。それだけ分かればいいです」

　どうやらそれでデュアンは引くようであった。どうせなら自分だけ助け出してくれてもいいんだけどと思いつつ、いやいや、ヴィンセントに最後まで付き合うと決めたしとその考えをすぐに否定した。しかしヴィンセントが最終的になにをしたいのかはいまいち見えず、本当にこのまま付き合っていいものかとの葛藤《かっとう》があるのだった。

「……お前は皇太后の命で動いているのではないのか？」

「え……？」

驚きの声を上げたのはフィーリアだ。思いがけない言葉に、なにを言っているのかとばかりにヴィンセントの顔をまじまじと見つめてしまった。

「さあ。なんのことだかよく分かりません」

「否定しないのか。それで充分だ」

なにが充分なのかよく分からない。デュアンが皇太后の命令で動いているとはどういうことだろう……と考え込んだところで邪魔な声が入った。

「ところであなたは嫁として失格です」

デュアンはびしっとフィーリアを指差した。

「あなたのせいでヴィンセント様が毒を飲むような羽目になり、こうして攫われるという事態にもなってしまった。さっさと私にイルザ暗殺を命じれば良かったものの！」

「そんなこと、できるわけないでしょう！」

「そのような甘い考えでは、ヴィンセント様の嫁としては相応しくありません」

「……お前に認めてもらおうとは欠片《かけら》も思わない。皇太后も同様だ。こいつは、俺が選んだ俺だけのものだ。俺の意向に逆らおうとしたこと、後悔させてやると皇太后に伝えるがいい」

（えっ、えぇぇぇぇぇぇ？）

予期せず発せられた言葉に頬がぽんっと赤くなった。

(俺だけのものって……俺だけのものって……)

嬉しかった言葉を胸の中で何度も繰り返した。

ヴィンセントはフィーリアのことが好きで好きで仕方がなく、それで求婚したことに間違いないのだが、滅多に自分の気持ちを言葉にしてくれないのだ。だから、少しでもそんなことを言ってくれると動揺してしまう。

「はあ、仲むつまじいことで結構です。では、私はこれで」

デュアンはつまらなそうに言うと窓から出て……ご丁寧なことに外から元のように窓に板を打ち付けた。自分が忍び込んだ証拠を残さないように、との目的かもしれないが、そこは開けておいてくれてもいいのになと思った。

「……やっと行ったか、忌々しい奴だ」

チッと舌打ちをしたヴィンセントに、フィーリアは恐る恐る話しかける。

「あの、さっきの言葉をもう一度言ってくれないかな?」

「さっきの言葉だと?」

フィーリアは何度も頷いた。

「後悔させてやる」

「ちがうっ！　それより、ちょっと前に言ったことよ?」

「俺の意向に逆らうな」

「惜しいっ！　もうちょっと、もうちょっと前！」

「もうちょっと前？」

ヴィンセントは顎に手をやり、しばし考えるような仕草をした後。

「クロッシアの給金など払いたくない」

「そこまで戻る――――！」

この人絶対わざとやっている。先ほどは勝利したと思ったが、やはり一筋縄ではいかない。

そう思いつつ、たまに言ってくれる本心を大切にすればいいかとすぐに思い直した。

風は相変わらず強い。その風の音に紛れるようにして黒十字騎士団の助けが来てくれないかと願ったが、そう思い通りにはならないのだった。


暖炉の火が爆《は》ぜ、薪が崩れる音が響いていた。

「……いつまであのふたりを監禁するつもりですか？」

「いつまでって、決まっているわ。皇太后が要求を呑むまでよ」

イルザは暖炉の前にしゃがみ込んでじっと火を見つめながら答えた。

イルザとブラッドは厨房に居た。煉瓦の壁に囲まれた、小さな厨房だ。ここにかつては多くの使用人がいて、すれ違うにも苦労しながら当主一家の世話をするために忙《せわ》しなく働いていたとはとても信じられない。

「要求を呑まなかったら？」

ブラッドは作業台前の椅子《いす》にその巨体を預けていた。両手を組み、じっとイルザの様子を見つめている。

「決まってるわ、殺すのよ」

イルザはあっさりと言い放った。迷いを感じさせない口調だ。

「そんなことをしてなにになります？」

「少なくとも、私の気は晴れるわね」

「本当に、そのようにお考えですか？」

窓が大きく軋《きし》む。風がまた強くなったようだ。

揺らめく炎がイルザの瞳に映っている。復讐の炎をその心に灯《とも》しているのだろうか。

「このように緩い警備では、その気になればいくらでも逃げられるだろうに、そうしない。なにか狙いがあるのでは？」

「そうかもしれないわね」

「身に危険が及ぶかも」

「そんなこと覚悟の上だわ。それでも私はやり遂げると決めたの。だって、悔しいじゃない。兄さんと私は血を分けあった兄弟であるはずなのにこの差……。兄さんは軍務長官になって、婚約までして、欲しいものをなんでも手に入れて……それに引き換え私たちは、持っているものを全て失った……！　あなたもそうでしょう、ブラッド！」

「しかし、あのふたりをどうにかしたところで失ったものは戻ってきません」

「知っているわよ、そんなこと」

「……もし、私のことを気にしているならば……」

ブラッドは強く両手を握り、そこへ目を落とした。

「……あなたが私に仕えてから、何年になるかしら？」

「九年と、三ヶ月になります」

「血の繋がった兄弟よりも、よっぽど身内のようだわ。いつも私を支えてくれて……でも、なんの恩も返せない」

「私は、しかし復讐など望んでおりません」

「あなたのことだから、そうでしょうね。いいのよ、これは私が勝手にやっていることで、あなたはその命令に従っているだけなんだから」

イルザは立ち上がり、暖炉の横に積んであった薪をとって暖炉の中へと放った。一旦火が小さくなったが、すぐにまた強く燃え始めた。

「私のことなど、気にかけていただく必要はありません」

ブラッドは顔を上げ、瞳を虚空に漂わせながら自嘲《じちょう》めいた笑みを浮かべる。

「……あの方を失ったときに、私の心は死にました。今はただ、死に損ないの肉体を抱えて生き恥をさらしているだけです」

「そう。私も同じ気持ちだわ」

声は虚しく冷たい壁の厨房に響き渡った。

第六章　私、脱出なんて慣れたもの……です！

「皇太后《こうたいごう》が、私を国王の子と認めるくらいならば、あなたたちを殺しても構わないと言ってきたわ。いいお祖母様を持ったものね」

翌日の昼すぎになって突然現れたイルザは、右手に手紙を握り締め眉根《まゆね》に思いっきり皺《しわ》を寄せ、かなり興奮した様子だった。

「それはお互いさまだと思うが？」

ヴィンセントは冷静に受け答えをした。それがイルザの気に障ったらしく、瞳《ひとみ》をぎゅっと瞑《つぶ》って顔を真《ま》っ赤にして、湧《わ》き上がってくる怒りを噛《か》み締めているようだった。

「ヴィンセント兄さんは悔しくないの？　こんなふうに皇太后に見捨てられて……！」

「あのババアは最初からそういう奴《やつ》だ。実の孫だろうがなんだろうが、この国を守るためならば平気で利用するし、用済みならば平気で捨てる。そんなことも分からなかったのか？」

イルザはぐっと口ごもった。反論できないのが悔しいのか、小刻みに手を震わせている。

そんなイルザを背後から見つめていたブラッドが、不意にイルザの肩に手を置いた。

「もう、諦《あきら》めた方がいい」

（ブラッドが喋《しゃべ》った――――！）

　そう叫びたい気持ちだったが、緊迫した空気を読んでやめておいた。

　普段あまり話さないので、イルザの心にもブラッドの言葉は重く響いたのだろうか。唇を噛み締め、今にも泣きそうな表情をしている。

「もうお終《しま》いだ……」

　懐を探り、なんと短剣を取り出した。

「でも、やっぱりヴィンセント兄さんのことは赦《ゆる》せない！　あんたのせいで、私は大切なものを次々と失った……！　あんたが、私たちを国王に売ったせいで……！」

「ちょ、ちょっと待ってイルザ！　あなたは誤解しているわ。ヴィンセントはあなたたちの幸せを思って……」

「……なにが幸せだ」

　腹の奥から絞り出されるような、狂気さえ感じさせる声色に背筋が凍った。

「あんたのせいで姉さんは死んだんだ……！　あんたのことを信頼して、期待して、手酷《てひど》く裏切られて、それで死んだんだ！　姉さんの気持ちを少しでも考えたことがあるのか！　姉さんは、なにも王女になりたかったわけじゃない、王族と認められたかったわけじゃない。ただ、実の父に娘だと認められたかっただけだ！」

「え？　姉さんって!?」

イルザがなにを言っているのかよく分からない。ヴィンセントを振り返ると、なにかを悔いるように目を伏せているだけだ。

「あんたの大切なものを奪ってやる。それが、姉さんに対してできるせめてものことだ」

イルザはフィーリアに向かって刃先を向けた。その目は怒りに燃えていて、なにを言っても聞き入れてもらえなさそうに見えた。

そんなイルザをヴィンセントは静かに見守っている。やはりいつものヴィンセントとは違う。そんなに妹のことが大切なのか、と場違いなことを考えてしまう。

フィーリアの手首をイルザが素早く掴《つか》み、そして持っていた短剣を高く振り上げた。

（えっ、えぇぇぇ？　本当に私を殺す気なの？）

イルザの瞳は暗く沈んでおり、見つめているとその闇《やみ》の中に吸い込まれてしまいそうだ。

フィーリアは抵抗することもできずにぎゅっと瞳を瞑った。

すると、鋭い音が響き、フィーリアの手首を痛いくらいに掴んでいたイルザの手がさっと離れた。

なにが起きたかと瞳を開けると、イルザの手から短剣が消えていた。短剣は床に落ち、その近くに割れた皿が落ちている。それを飛ばして、イルザの手から短剣を落としたのだろうか。

「……その女に触るな。次は殺すぞ」

（ひゃぁぁぁ、怖いっ！　イルザも怖いけどヴィンセントも怖い！）

助けられたはずなのに、ヴィンセントの悪魔のごとき眼光に身が縮む思いだ。

ヴィンセントはいつの間にか手と足を縛っていた縄をほどいていた。

「……確かにお前が言うように、お前がそうなってしまったのには俺《おれ》にも責任がある。だから少しは見逃してやろうと思っていたが、その女に手をかけようというならば話は別だ」

先ほどまでのイルザを気遣っていた態度とはまるで違う。ヴィンセントはイルザを【敵】として認識したように見える。

それをちょっと嬉《うれ》しいと思ってしまう自分に戸惑い、そして罪悪感に胸が痛む。イルザはヴィンセントの妹である。そんな人に敵意を向けているのを見て嬉しいと思う自分はどうかしている。イルザよりもフィーリアの方が大切だと言っているようで、それが嬉しいと感じてしまう原因だとは知っているのだけれど。

ヴィンセントはフィーリアの肩を抱いて自分の方へと引き寄せた。その腕の強さに張り詰めていた気持ちがふっと緩みそうになってしまい、フィーリアはヴィンセントに抱きついた。それに応《こた》えるように、ヴィンセントの大きな掌《てのひら》がフィーリアの頭をそっと撫《な》でる。

「……俺を殺して気が済むならばそうすればいい。だが、この女に手を出すな」

「ふんっ、そんなこと」

イルザは不敵な笑みを浮かべ、腰に手を当てた。

「ヴィンセント兄さんを殺したところで私の気は晴れない。……大切なものを失って、苦しむ姿が見たいんだ」

「そうか……。ならばやはりお前を始末するより他《ほか》になさそうだ」

ヴィンセントは冷静に告げる。もう彼の心を変えるのは不可能だ、そんなことを感じさせる揺るぎなさに満ちていた。

「ちょっ、ヴィンセントなにを言っているの!? もっと話し合いましょうよ。イルザだって誤解をしているだけで」

「もう充分だ」

ヴィンセントはいつの間にか手の内にあった小型の銃のようなものを窓に向かって撃った。破裂音が響き、続いてパリンと窓が割れる音がした。

それを合図にするように、耳がちぎれるのではないかという轟音《ごうおん》が周囲に響き渡り、壁がビリビリと震えた。天井からは砂礫《されき》が落ちてくる。

「ぎゃぁ！」

相変わらずきゃーっという、乙女《おとめ》らしい叫び声を上げられないフィーリアが爆風に煽《あお》られて叫ぶと、よろめく体を強い力で抱きかかえられた。

「……しっかり掴まっていろ」

言われなくてもそうする。フィーリアはヴィンセントの体に必死にしがみついた。

「……なっ、なに？　なにが起きたの？」

動揺するイルザの声が聞こえる。そして、目の端にイルザをかばうように覆い被《かぶ》さるブラッドの姿が見えた。

それきりふたりの姿はフィーリアの視界から消えた。

なぜならヴィンセントがフィーリアを抱きかかえて部屋を抜け出したからだ。

通路を走っている間に再び轟音と振動が襲ってきた。しかしヴィンセントはそれをものともせずに駆けていく。

やがて通路の先に現れた階段を、なぜか上へと駆けていく。

「え？　逃げるんじゃないの？」

「話すな。舌を噛むぞ」

そんな間抜けではないと思いつつ、フィーリアは振り落とされないようにとヴィンセントにぴったり体を密着させた。

階段を上がりきった先にある扉をヴィンセントが足で蹴《け》り破ると、冷えた空気が頬《ほお》にあたった。蹴破った扉の先は屋上で、そこからは屋敷の周囲をよく見渡すことができた。

いつの間にか、屋敷は黒い集団に包囲されていた。その制服をよくよく確認しなくても分かる。黒十字騎士団の面々だ。

「……予定通りだな」

ヴィンセントは呟《つぶや》き、その様子を満足げに見つめていた。

たぶんあの銃が突撃の合図だったのだろう。そして、その予定は自分にも知らせて欲しかったのだがと思いながら、屋敷の周囲を改めて見渡した。

屋敷の四方に大砲が設置されている。先ほどの音と衝撃はこの大砲によるものだろう。屋敷の入り口と思《おぼ》しきところに馬車があり、そこにはロクが立っているのが分かった。ロクもこちらの姿は見えているようだ。

そして、ロクが大きく手を振ると、黒十字騎士団の面々が屋敷に総攻撃をかけてきた。

まずは一斉に大砲が撃たれ、屋敷の一階にある窓が割られた。それを待っていたかのように第一陣が割れた窓から屋敷へと侵入した。そして、侵入した騎士が内側から玄関の大扉を開くと、そこから一斉に第二陣である騎士たちが屋敷へとなだれ込んでいった。

それはいつもの行き当たりばったりとしか思えない動きではなく、統率された動きに見えた。指揮官がロクだからだろう。

「さすがだな。これならすぐに制圧できるだろう」

「感心するのはいいけれど、私たちはこれからどうするの？　助けが来るのを待てば……」

言った途端にヴィンセントは素早く動いてフィーリアを屋上の柵《さく》があるところで下ろし、フィーリアに背中を向けた。

どこかからか、なにか重いものを引きずるような音がする。しかもその音がだんだん近付い

て来ているようだった。息を呑《の》みながら辺りの様子を窺《うかが》っていると、フィーリアたちがさっき出てきた扉の前に大きな人影が現れた。

ブラッドだ。右手に大きな斧《おの》を引きずりながら、こちらへゆっくりと歩いてくる。斧の先と屋上の床が擦《こす》れて、ずず、ずずず……と不気味な音を上げていた。斧はかなりの重量があるものと思われる。あんなもので襲われたらひとたまりもない。

恐ろしい、そう感じたのは斧のせいだけではない。ブラッドの瞳がいつもよりも一層濃い闇に沈んでいたからだ。

こちらに敵意を向けていることが分かる。問答無用で襲いかかってきそうだ。

対するヴィンセントは丸腰である。

先ほど持っていた小さな銃はもう使い物にならないらしく、撃ったと同時に床に放って手許《てもと》にない。あったところでさほど役に立つとも思えない。

さすがにこれはヴィンセントが不利すぎる。騎士団の誰《だれ》かがやって来るのを待った方がいいのではと思っていると、ヴィンセントは突然駆け出し、ブラッドに跳び蹴りを食らわせた。

(肉弾戦もいけるのかっ！)

叫びたかったが必死で口を押さえた。

とうとう魔界からケルベロスでも召還して戦うか！と期待したとはもっと言えない。

ヴィンセントの蹴りはブラッドの肩を直撃したが、ブラッドはそんなことでビクともしない。

その衝撃の全《すべ》てを体で受け止めた。

そして、かなりの重量があるだろう斧を難なく振り上げ、一気にヴィンセントに向けて振り下ろした。しかしヴィンセントはそれを紙一重で避ける。渾身《こんしん》の力を込めて振り下ろされた斧は床に深くめり込み、床を砕いた。かなりの腕力である。もし命中したらひとたまりもなかっただろう。

ヴィンセントは体勢を立て直し、拳《こぶし》を繰り出したが、ブラッドはそれを斧を持っているのとは反対の腕で受け、斧を床から引き抜いてヴィンセントの腹のあたりに向かわせた。しかしヴィンセントはそれをやすやすと避けた。

間髪入れずに二撃目がやってきた。ブラッドがヴィンセントへ向けて斧を振り下ろしたのだ。今度はそれを避けきれないと思ったのか、ヴィンセントはブラッドの手を蹴り上げた。ブラッドの手から離れた斧が宙を舞い、ぶんぶんと重たい音を立てて床に思いっきり叩《たた》きつけられた。勢いはそれだけでは止まらず、何度か弾んでからフィーリアの方へ転がってきた。

「ひぃぃぃぃぃぃ」

慌てて飛び退《の》くと、それはフィーリアが元々立っていたところで止まった。

ブラッドの武器を奪えばヴィンセントが有利に戦えるのではないかと咄嗟《とっさ》に思い、駆け寄って斧を持ち上げようとしたがビクともしない。こんな重いものを片手で持ち上げて襲いかかってくるなんて、どんな化け物だと背筋が寒くなる。

「お前は余計なことをするな」

見ると、ヴィンセントがブラッドの斧を持ち上げたところだった。フィーリアが両手で持ち上げようとしても少しも動かなかったのに、ヴィンセントは片手でそれを楽々と持ち上げて、肩にかけた。

(どんな腕力しているのよっ！)

ここにも化け物がひとりいた。

知っていた、知っていたけれど目の当たりにすると改めて驚くのだ。

これで今度はヴィンセント有利になった、と思ったら階段を駆け上がってくる甲高い音が響き、屋上の入り口に人影が現れた。

「ブラッド！」

イルザだった。手にしていた剣をブラッドへと放る。ブラッドはそれを受け取った。

「……いいから、俺に構わず逃げろと言ったでしょう？」

(ブラッドがまた喋った――――！)

驚いている場合ではなく、ふたりの絆《きずな》がかなりのものだと感じさせる台詞《せりふ》だった。主従関係よりも深い絆があるのでは、と勘繰ると同時に、

(……うちの従者もあれくらい勇敢だったらいいのにな)

比べても無駄なのに、ため息が漏れる。

ブラッドが剣を構え、それに対するヴィンセントは大斧を携えて油断ない目つきでブラッドを睨《にら》んでいる。

これはいい勝負だ、と落ち着いていられるのは、きっとヴィンセントが負けることがないと分かっているからだ。

「フィーリアさん……、フィーリアさん！」

どこからか自分を呼ぶ声がして、辺りを見回すが誰の姿もない。気のせいかなと思っていたら、また声がした。

「フィーリアさん、こちらです！」

背後からだった。素早く振り向いて視線を下へ動かすと、そこには黒十字騎士団のレイの姿があった。姿があったというか、顔だけ見えている。階下から屋上へ顔を出しているのだ。

「団長の勇姿に見惚《みほ》れる気持ちは分かりますが」

「べっ、別に見惚れていませんけど……！」

「フィーリアさんは安全な場所へ逃げてください。早くこちらへ！」

ヴィンセントとブラッドの戦いを気にしつつもそちらへ向かうと、壁に沿って縄梯子《なわばしご》がふたつかけられていた。レイはそのうちのひとつにぶら下がっていた。

恐らくはフィーリアを屋上から逃がすという手はずだったのでここへ来たのだろう。それもあらかじめ教えておいて欲しいな、と願ってやまないが言っても無駄だとは知っている。

（え……でもこの梯子を下りるの？　この高さを？）

一段でも足を踏み外そうものならば、手だけでは体重を支えることができずにあっという間に落下しそうである。

「レイ！」

「はいっっっ！」

ヴィンセントの突き刺すような声が飛んできた。

「その女、傷ひとつでもつけたら軍法会議にかけてやるからな」

とても冗談とは思えないような重厚な声色だった。レイは体をがたがたと震わせ、彼が足を踏み外して落ちてしまうのではないかと心配だ。

「どっ、どうぞお気をつけてお下りください。大丈夫です、なにがあっても俺が命がけでお守りするので！」

「で、でもこの高さ……」

情けないことに腰が引けて足がすくむ。

「下は見ない方がいいです。正面を向いて一歩一歩、着実に下りていけば間違いないです。それに、いざとなったら俺が下敷きになってでもお守りいたしますので！」

「う、うん」

心強い言葉にフィーリアは決意を固めて頷《うなず》き、縄梯子に足をかけようとした。

「……そうはいかないわよ！」

イルザが叫んでフィーリアに飛びかかってきた。

もし突き落とされたら、こんな高さ余裕で死ぬ、そう思ったときだった。

ずしん、と大きな音がして一瞬目を瞑った。そして瞳を開けるとすぐ近くにヴィンセントが持っていたはずの巨大な斧が突き刺さっていた。

そして、その斧から紙一重のところにイルザが立っていた。斧が額と鼻先をかすったのだろうか、顔から血が流れ出ていた。

「……触れたら殺すと言った」

響いてきた冷たい声にイルザは蒼白《そうはく》な顔となり、体を震わせながらその場に崩れ落ちた。

「ちょっとヴィンセント！　いくらなんでもやりすぎだわ。実の妹なのに！」

「前に言ったが、こいつを妹だと思ったことはないな」

隙《すき》を衝《つ》くように襲いかかってきたブラッドの剣を、ヴィンセントは自分の腕で受け止めた。剣が腕にめり込み、血が滲《にじ》んで床に滴り落ちた。

「ヴィ、ヴィンセント！」

「お前はさっさと逃げろ！」

駆け寄ろうとしたが、それよりも前に強い声に押しとどめられた。たぶん、ここに居たらヴィンセントの足手まといになってしまう。ここから早く離脱することが、今のフィーリアにできる唯一のことだ。

ヴィンセントはイルザの目前に転がっていた大斧を素早く拾い上げ、ブラッドに向けて振るうが、その大きな体に似合わない素早さでブラッドはそれを避けた。

ヴィンセントが振り下ろした斧は床へ突き刺さった。その中心が深く陥没して、ヒビが広がっていった。

「ちっ」

ヴィンセントが斧を引き抜き、次にやってくるだろう攻撃に備えて身構えたときだった。

ぴしり、と最初はグラスに亀裂《きれつ》が入ったような小さな音だった。それがやがて床全体を震わせるような轟音となり、床に鋭く亀裂が広がっていった。

「床が……！」

イルザが悲鳴のような声を上げた。

またかよ、とついつい思ってしまう。そしてそんな状況に慣れてしまっている自分が嫌だ。

ヴィンセントと一緒に居るといつもこうだ、以前も床をぶち抜いたことがあった。ただ、前回と違うのはこれがヴィンセントが狙《ねら》ってやったことではないということだ。

(落ちる……っ！)

早く縄梯子から下へ……と思うがもう遅い。床が震えて立っていることもままならず、膝《ひざ》をついてしまった。こんな状態では歩くのも無理だ。

くる姿が映った。

（さ、さっさと逃げれば良かった……）

屋上の床が崩壊しつつあった。こんなものに巻き込まれたらただでは済むまい。

死を覚悟したフィーリアの瞳に、ヴィンセントが持っていた斧を放って、こちらへと走って

「……だから、早く逃げろと言ったろう！」

フィーリアを抱きかかえた瞬間にそう言うのが聞こえた。

「わっ、分かっているわよ！　今後悔していたところなんだからっ！」

ヴィンセントの体にしがみつき、やって来た衝撃に目を瞑った。

轟音が響き、やがて体がふっと浮き上がるような感覚に包まれた。このまま落ちる、と思っていたらその感覚は一瞬で、それからは衝撃も震えも感じることはなかった。

とうとう天に召され、全ての感覚を失ったのかと思ったがそうではなかった。頬に風を感じる。ヴィンセントが崩壊しつつある屋上を走り、屋根へと飛び移ったのだ。

それとときを同じくして、屋上の床部分が完全に四階の部屋へと落ちていった。砕けた石が砂埃《すなぼこり》となって舞い上がり、周囲にはなにかが焼け焦げたような臭《にお》いが漂う。

（……イルザたちは？）

目を巡らせると、崩壊した床の大きな破片の近くにうずくまっているブラッドの姿と、その腕に抱かれているイルザの姿があった。ブラッドがイルザをかばって屋上の崩落に耐えたよう

だった。

ヴィンセントは屋根から四階部分へ飛び降りると、フィーリアを床へと下ろした。

元は家族の居室だったのだろうか。家族のものが全て残されている。壁には肖像画があり、窓には分厚いカーテン、ソファやローテーブル、書棚や置物、花瓶……生活の跡が色濃く感じられる部屋だった。

その部屋の天井が破壊され、見るも無惨な光景となっていた。

背後からの物音に振り返ると、イルザがブラッドを押しのけて体を起こしたところだった。

頭を押さえつつふらふらと立ち上がり、周囲の有様を見て顔色をなくしていた。

「こんな……」

力なく呟きながら部屋のあちこちを見て回っている。イルザは一時ヴィンセントの屋敷に逗《とう》留《りゅう》していたらしいが、彼の性格をよく理解していなかったように思える。彼を攫《さら》うならばこのくらいの被害、覚悟しておくべきなのだが。

「ぼさっとしていないで、こっちへ来い」

ヴィンセントに言われてそれに従う。屋上から逃げることはできなかったため、部屋から出て別の経路を探すようだ。そういえばレイは大丈夫だったかと急に思い出した。

そうして部屋の出口まで来たとき、不意にヴィンセントがフィーリアの手を引いた。と、次の瞬間なにかが飛んできて出口を塞《ふさ》いだ。ソファだった。ちょっとやそっとでは動かせないような巨大なものだ。

誰がそんなものを、と思って振り向くと無言で立つブラッドの姿があった。彼が投げたに決まっている。なにがあっても逃がさないということか。

「少し下がっていろ」

ヴィンセントに言われて、素直に応じた。ブラッドは言葉が少ないせいか、なにを考えているか分からない怖さがある。どんな手に出るか想像もつかない。

（私が足手まといになっている！　やっぱり早く逃げないと！）

フィーリアは扉とは反対側、窓の方へと駆け出した。窓からなんとか逃げられないかと考えるが。

「もう……これ以上なにもない……」

いつの間にか、イルザの手には火が灯《とも》された燭台《しょくだい》が握られていた。そして、あろうことかカーテンに火を放ったのだった。

カーテンはあっという間に燃え上がり、近くにあった書架にも火が燃え移った。

「な、なにをするのイルザ。ここは、あなたの家族が住んでいた屋敷じゃ……」

「私は復讐《ふくしゅう》すると決めたの……手段なんて、選んでいる場合じゃなかった」

イルザは全ての感情が消えたような瞳で、一気に燃え上がった火を見つめている。

「で、でも火なんてつけたらイルザも巻き込まれるかも……」

「どうせ捨てた命だわ……こうなったらあなたたちも道連れにしてやるわ。この屋敷と一緒に燃え尽きればいい」

正気を失っているような醜悪な笑みを浮かべるイルザにぞっとする。どこまでイルザの闇は深いのか。救おうと手を伸ばしても、そのまますずるずると闇の中へと引き込まれていくような感覚に陥る。

「……いいから、行くぞ」

ヴィンセントに手を掴まれ、ブラッドが塞いだ扉の間を縫ってなんとか部屋の外へと脱出した。

そのまま逃げるのかと思いきや、ヴィンセントはいつの間にか手にしていた大斧を部屋の壁に向かって振り上げた。崩落した瓦礫《がれき》の中から探し出していたのだろうか、と呑気《のんき》に思っている場合ではなかった。

ヴィンセントは大斧を扉付近の壁に突き刺した。

「え……、ちょっと、なにしているの？」

「……時間稼ぎだ」

そして大斧を引き抜き、もう一撃を加えたところで壁にヒビが入り、壁が崩落し始めた。

そりゃ、屋上の床を破壊したのだから壁くらいなんともないだろう……とついつい冷静に捉《とら》えてしまう。

「ぼやぼやするな。走るぞ」

そこでヴィンセントは大斧を床に放り、フィーリアの手を取って走り始めた。崩落の音を背中に聞きながら、とにかく前へ前へと懸命に走り続ける。

(黒十字騎士団の訓練、もしかして私も受けた方がいいのかしら……)

ヴィンセントと婚約した以上、事件に巻き込まれるのは必定のようだ。走る、登る、飛び込む等の基礎特訓は花嫁修業の一環として必要かもしれない……なにやら間違っているような気もするけれど。

息を切らせながら通路を走っている途中で、背後からの足音に振り返る。

ブラッドが追ってきているのが見えた。どうやら先ほどの壁の崩落に巻き込まれて頭を怪我《けが》したようで顔が血だらけだ。しかし、そんなことを構わずこちらへ向かって一直線に走ってくる。徐々に距離が縮まる。

(ぎゃ――――！　捕まったら殺される！)

今まで感じた中で一番の恐怖だ。フィーリアはとにかく走った。足が痛いなんて言っていられない。

やがて階段に行き当たり、一気に駆け下りていく。同じようにブラッドも階段を下りてくる。もう追いつかれるかもしれないと絶望的な気持ちになったとき。

「団長、フィーリアさん！」

頼もしい声が聞こえてきた。ロクのものだ。

彼は屋敷の外で陣頭指揮を執っていたはずだが、フィーリアが脱出に失敗したために予定を変更して援護に来たようだった。

ヴィンセントは足を止め、フィーリアの手をロクへ預けた。

「ロク、そいつを頼んだ」

「はい、命に代えても」

「それからそいつを安全な場所に逃がしたら、あとは予定通りにしろ」

それだけ言ってヴィンセントは階段を駆け上がっていってしまった。フィーリアが屋敷から脱出するまでブラッドを足止めして、時間稼ぎをするつもりだろう。

「さあ、フィーリアさん急いで！」

ロクに急《せ》かされ、フィーリアは少しの迷いを感じながらもロクに付いて走り始めた。

階段を下りきって、いくつかの部屋を抜けるとすぐに玄関ホールへとたどり着いた。

屋敷の外へ出ると、強い風が襲ってきてフィーリアの髪を後方へと押し流した。その風を切るように走り続ける。

ロクに案内されるままに走り、屋敷から離れた所に止められていた馬車へとやって来た。

ロクには馬車の中へ入ってしばらく待機していて欲しいなどと言われたが、とてもそんな気分にはなれない。呼吸を整えながら、屋敷の様子を気にしていた。

「あ、お嬢様。無事だったんですね」

馬車の横からひょっこりとクロッシアが顔を出した。いつも通り元気満々で肌もぴちぴちつやつやしている。主人が長い間監禁されていて、心労でやつれるとか彼にはないのだろうか。ないだろうな。

「では、ここからは俺の出番ですね」

クロッシアは気合いを入れるようにぐるぐると肩と腕を回した。

「クロッシアの出番ってなにかしら？　馬車を走らせて、私を無事に送り届けるとか？」

「……お嬢様は自分のことしか考えていないんですね。従者として呆《あき》れます」

「あなたができそうなことがそのくらいだからそう言っているの！　ことの一部始終を見届けるまで、ここから離れる気はないわよっ」

「では、俺の勇姿をここで見ていればいいです」

クロッシアは偉そうに言うと走って行ってしまった。どんな勇姿を見せようというのかさっぱり分からない。

「クロッシアはなにをするつもりなの？」

「……団長の命令です。フィーリアさんを助けて安全な場所に確保したら、あの屋敷を跡形もなく消せ、と」

「跡形もなくって……。でも、まだヴィンセントも、イルザもブラッドだって屋敷に居るのに」

「自分のことは気にするな、と団長はおっしゃっていました」

「それって、自力で脱出するから気にするなって意味？　ヴィンセントはブラッドとやり合って、私をかばったことが原因で腕を負傷しているわ。そんな状態で脱出なんて……」

「団長は、たとえどんな状況であろうとフィーリアさんを助け出すことに成功したら、あの屋敷を破壊しろとおっしゃっていました」

「それってもしかして……」

フィーリアはついつい考えてしまうことがあった。

イルザに対してヴィンセントが言っていたことがある。お前の気が済むのならば自分を殺しても構わないと。ただ、フィーリアを巻き込むのならば話は別だ、と。

自分を殺しても構わない。

その響きにぞっとする。ヴィンセントが口にした言葉だとは今でも信じられない。

「もしかして、ヴィンセントは屋敷もろともイルザと心中でもしようとしている？」

そんなバカなことはない、と否定して欲しくて口にした言葉だったのに。

「……ええ、その可能性もあるかもしれませんね」

ロクは迷いない表情で、冷静にそう告げた。

心がしんと冷え込んでいく。まさかそんなこと、と何度否定しても万が一のことを考えてしまう。

「団長は、イルザさんのことに関してはいつもと様子が違いました。フィーリアさんがフェリングへ行くことになったときに、自分は王都から離れられないから私がフィーリアさんに同行するようにとおっしゃったのも意外でした。団長は直接私にお話しなさったりはしませんでしたが、イルザさんにかなりの遺恨を抱えているようにお見受けしました」

「そんな……」

フィーリアは屋敷を見つめた。

あの屋敷を墓標にするつもりなのだろうか？　ふとそんな考えが頭をよぎる。いつもならばそんなバカな、と笑って済ませてしまうところだったが、今回のヴィンセントはおかしい。自ら毒を飲んで自ら捕まり、いくらでも逃げられたのに逃げようともせず、殺したいなら殺せと迫るなんて、おおよそ魔王の名前を欲しいままにした彼らしくない。

「クロッシアを止めなきゃ！」

「いえ、フィーリアさん。その可能性があると言っただけで、そうと決まったわけではありません。それに団長のことです、少々傷を負ったくらいで逃げ遅れることはありません」

「でもっ、万一ということもあるし！」

「冷静にお考えください。あの団長が、フィーリアさんを残してひとりで死ぬはずがないでしょう？」

「そうは思うけれど！」

本当にそうなのだろうか？

フィーリアはそれを確かめたくて、駆け出した。

「お待ちください！　フィーリアさん」

後ろからロクが追いかけてきた。しかしそれに構わず丘を下っていった。

風が強く木々を揺らし、足許《あしもと》の草をざわめかせていた。そんな風に逆らうように地面を蹴っていく。

（だって……、だってヴィンセントは様子がおかしかったもの！　まるで過去の罪を清算するような……自分のせいでイルザがふたりの夫を殺してしまったように感じている気配があったわ！）

フィーリアは更に速度を上げて走って行く。額に玉の汗が噴き出し、鼓動が高まり、息が切れ、ふくらはぎが悲鳴を上げるがそんなことに構っていられない。

（絶対にヴィンセントを止めるんだから！）

そうして屋敷の前までたどり着くと、思いっきり声を張り上げた。

「クロッシア、どこ？」

本当に屋敷を破壊するらしく、黒十字騎士団の面々は屋敷から引き上げつつあった。そんな中にあって必死の声を上げるが、その姿は見つからない。

「クロッシア！　主人の声に応えて今こそ姿を現すがいい！」

「……そんな召還めいた言葉を吐くのはやめてください」

クロッシアが屋敷の窓から顔を出し、そのまま外へと出てきた。

「この屋敷をどうするつもり？」

気が急いて、ついつい早口になってしまう。

「どうするって……。主要な柱に爆弾を仕掛けたんです。ま、仕掛けたのは騎士団の人たちで、俺はその確認に。指示通りの場所に仕掛けられていたので、このまま導火線に火をつければこの屋敷は跡形もなく崩れるでしょう」

「そんな……っ！　だって歴史ある屋敷よ？　まだ内部をよく見て回ってないでしょう？　そんな貴重な屋敷を壊して、クロッシアはいいの？」

「滅びの美学、ってあると思うんですよね」

「また変なものに目覚めて！」

つくづく主人の思う通りにいかない従者である。

「でも、それに火をつけるのはちょっと待って。まだヴィンセントたちが中に……！」

「もう手遅れです」

いつの間にか火をつけたのか、屋敷から延びる長い導火線がちりちりと燃えていた。

「さ、早くここから離れた方がいいです」

「でっ、でもまだヴィンセントが中に……！」

焦って屋敷を見るが、ヴィンセントが出てくる様子はない。

本当にこの屋敷もろとも、イルザとブラッドを道連れに死ぬつもりなのだろうか。

(そんなこと、絶対にさせられないわっ！)

フィーリアは覚悟を決め、胸の前で手を握った。

それをすることで、違う被害が生まれてしまうかもしれない。それは重々承知しているが、これより他に方法が思いつかなかった。

「ヴィンセント、聞こえている？」

フィーリアはあらん限りの声で叫ぶ。反応はないが、きっと聞こえていると願う。

「ヴィンセントが死んだら、私、ロクさんと結婚することにするわ！」

「は、はあ？」

とてもロクが発したと思えないような、素っ頓狂《すっとんきょう》な声が聞こえてきた。

「ロクさんはとっても真面目《まじめ》だから、亡き団長の忘れ形見、ということで押せば、なんとかなると思うのよね」

「なっ、なんともなりません！　なにをおっしゃっているんですか？」

「ロクさんは貴族でしょう？　よく知らないけれど、騎士団の副団長をやっているくらいだから、そこそこの家柄だと思うのよね。なによりロクさんは優しいし、常識的だし。穏やかな結婚生活を送れると思うの」

「お、おやめくださいフィーリアさん！」

ロクは本気で焦っている。

彼をうろたえさせるのは簡単だな、と思い、更に続ける。

「うん！　ヴィンセントが死んでも私幸せになる！　どうか天国……じゃなくて地獄から私の幸せを見守っていてね！　ロクさん似の凛々《りり》しい男の子が産まれたら、その子をヴィンセントって名付けてやらなくもない……」

そのとき、がしゃんと派手に窓が割れる音が響いた。見上げると三階の窓が割れ、黒い塊が屋敷の中から落ちてきた。

(遂によみがえった地獄からの使者！)

そしてフィーリアのすぐ側《そば》へと着地する。三階から落ちてきたはずなのに見事な着地だ。頭をかばうように腕を頭にクロスさせてしゃがみ込んだ状態から、ゆっくりと立ち上がった。

「ロク……貴様……っ」

「おちっ、落ち着いてください団長！　これはあくまでもフィーリアさんの作り話で……！　万が一にもそんなことはっ！」

相変わらず失礼しちゃうのである。そんな状況にもしなったとしたら、嫁にくらいもらってくれてもいいのに。

ヴィンセントはその瞳に地獄の業火を灯し、不敵な笑みを浮かべつつロクに向かって一歩、また一歩と距離を縮めていく。背中から黒い炎がゆらりと立ち上がっているようだ。吐く息は紅蓮《ぐれん》の炎で、その声を耳にしただけでも体が燃え上がる。ロクはその迫力に圧倒され、瞬《まばた》きすらも忘れているようだった。

「ヴィンセント！　無事で良かった！」

フィーリアはヴィンセントに駆け寄り、思いっきり抱きついた。……このままではロクの身が危ないと思ったからだ。ヴィンセントは一瞬虚を衝かれたような表情をしつつ、フィーリアが彼を見上げて微笑《ほほえ》むと、ようやくその瞳から触れたら焼け死ぬような熱さが消えた。

「……お前に怪我はないか？」

「見ての通り無事よ。ヴィンセントは腕を怪我していたみたいだけれど……」

「大したことはない。お前が気にかけるようなものではない」

「良かったっ」

フィーリアは更にきつくヴィンセントに抱きついた。そのことで彼の気持ちが落ち着いたのか、先ほどまでの黒々しい気に満ちた気配は消えていった。

「団長、間もなく爆発します。早くこの場を離れて」

「……」

ヴィンセントは無言でロクを睨みつけた。架空の話にいつまで腹を立てているのだと呆れな

がら、

「ヴィンセント、早く行きましょう！　私はまだ死にたくないし！」

フィーリアが言うと、ヴィンセントは素直に応じ、フィーリアをひょいっと抱き上げて歩き出した。

ロクは顔色を失ったまま立ち尽くしている。後でヴィンセントに事情を説明しないとならないだろう。

馬車が止めてあった丘の麓《ふもと》まで来ると、ようやくフィーリアは地面へと下ろされた。

少々よろめきながら自分の足で立ったところで、大きな爆発音が轟《とどろ》いた。

屋敷の方へと目をやると、ちょうど屋敷の一階部分が白煙を上げて崩れるところだった。それに引きずられるように二階部分の壁が崩れ、巻き上がった砂礫が屋敷の姿を隠した。そして再び爆音が響いたかと思うと、白い煙が舞い上がった。

折から吹いてきた風に白煙が流されると、そこにあったはずの屋敷の姿はなかった。後には瓦礫の山があるだけだ。

「あー、さすが俺。跡形もないですねー」

クロッシアは自分の仕事に満足とばかりに腕を組んでいる。

こんなわずかな時間で屋敷を爆破するとは、その手腕を認めないわけにはいかないだろう。

しかもその崩れ方も見事だ。崩壊した壁や床の破片が周囲に飛び散っている様子はなく、垂直に地面へ落下している。普通に爆破したならば、破片のひとつやふたつこちらまで飛んできていてもいいはずなのに。

「おお、さすがはクロッシア殿。こんな見事にあれだけ大きな建物を破壊するとは」

「しかもこんな一瞬で。爆弾を仕掛けたとしても建物の一部は残ってしまうこともあるが、それもない」

「屋敷のものもほぼ同じ場所に残っているから、後始末も楽だ」

黒十字騎士団の面々からも、感嘆の声が上がる。

従者をやめて黒十字騎士団の作戦顧問かなにかになってくれてもいい、と後で伝えておこうと決めた。


それから屋敷の後始末が始まった。フィーリアは先に帰るようにと言われたのだが、最後まで立ち会うと言い張ってその場に留《とど》まった。

馬車の扉を開けてそこに座り、屋敷があった辺りをじっと見つめていた。

空には夕焼けが滲み、そろそろ周囲も暗くなりかけていた。

イルザとブラッドはどうなっただろう。それればかりが気掛かりだった。

ヴィンセントはあれからフィーリアの側を離れず、馬車の辺りをうろうろとしながらときどきやって来る騎士に指示をしていた。ロクが、フィーリアのことは自分が見ていると言ったらすさまじい勢いで睨みつけた。まさかここまで引きずるとは思っておらず、ロクに申し訳ない気持ちでいっぱいになった。

風が冷たくなってきた。

そろそろ馬車の中に入ろうかと思っていたとき、屋敷の方からやって来た騎士がヴィンセントに何事か告げた。

「……生きていたか」

ため息混じりに呟かれた言葉には、少々の安堵《あんど》の感情がこもっているように思えた。


ヴィンセントと共に屋敷があった場所……今は瓦礫の山がある所へやって来ると、ちょうどイルザが騎士たち三人に担がれて来たところだった。体にぐるぐると縄を巻かれて、口には猿ぐつわがはめられていた。

ふたりを発見した騎士の話によると屋敷には地下があり、そこに逃げ込んだことで建物の崩落には巻き込まれずに済んだようだ。

「下ろせ」

ヴィンセントが短く言うと、イルザは地面に下ろされた。もう抵抗できないように縛られているというのに、体を激しく動かしてなんとか逃れようと必死になっていた。

ブラッドは後ろ手を縛られた状態で騎士たちに連れて来られた。彼にはもう抵抗する気はないようで、騎士たちに大人《おとな》しく従っている。

イルザには額と鼻先にできた傷以外に、肩にも血が滲んでいた。ドレスも髪も埃まみれで、なんとか助かったという印象だ。

「無駄な抵抗はやめろ。逃げられないと分かっているだろう？」

ヴィンセントが腕を組み、イルザを見下ろしながら言うと、イルザは鋭くヴィンセントを睨んだ。

「……なにか言いたいことがあるみたいだな。おい」

ヴィンセントが顎《あご》をしゃくると、騎士のひとりがイルザの猿ぐつわを外した。

「こんなまどろっこしいことせずに、私を殺せばいいでしょう！」

イルザは噛みつくような勢いで言う。

「そうしたいのは山々だが」

ヴィンセントは一度言葉を句切ってフィーリアへと視線を向けた。

「人が殺されるところを見るのが嫌だという奴がいるからな」

「なによ、それ」

イルザは呆れたように鼻で笑う。

「家族の思い出が詰まった屋敷をこんなにして……それで私に生きろって？」

「もう家族のことは諦めろ。失ったものは返って来ない。お前には公正な裁判を受けさせてやる。その裁判で、自分がどれほど愚かなことをしたのか思い知るがいい」

「……そういうことね。どうせ私の死刑は決まっている……ひと思いに殺してくれないのね」

イルザは大きく嘆息した。

それはそれで気の毒だとは思うのだが、だからといってここでイルザを亡き者にするのはやはり間違っている。

「だ、大丈夫よ！　処刑されるって決まったわけじゃないもの」

フィーリアが堪《たま》らなくなって口を挟んだ途端に、イルザの鋭い視線が飛んできた。

「……人をふたり殺した人間を見逃すような司法だったら、いっそこの国を軽蔑《けいべつ》するわ」

「じゃあ、やっぱりイルザが自分の夫を殺したの？　どうしてそんなことを？」

「……」

イルザは視線を下げて、フィーリアのことを見ようとしない。

皇太后を毒殺しようとし、ヴィンセントを監禁した理由は分かる。自分が国王の娘と認められなかったことを恨みに思っているのだろう。だが、夫を殺害した理由は分からない。

夫を殺害するなんて余程のことだ。なにか特別な理由があるような気がする。だが、この頑《かたく》なな態度ではそれを聞くのは難しそうだ。

「……バレたら困るからだろう」

ヴィンセントが不意に口を開いた。なにがバレたら困るのかは、フィーリアには分からない。

「なにをそんなに不思議そうな顔をしている？　お前も薄々気付いていただろう？　こいつはイルザではない」

「は？」

「弟のグレンだ」

「は、はいぃぃぃ？」

なにを言っているんだこの悪魔は、と思いつつ、フィーリアはよくよくイルザの姿を見た。陶器のようにすべらかな肌に大きな瞳、薔薇色《ばらいろ》の頬と唇、華奢《きゃしゃ》な体、どこからどう見ても女性だ、男であるようには全く見えない。

「……なんだ、やっぱり気付いてたんだね」

イルザ……いや、グレンだろうか？　ヴィンセントの方を見て薄く笑った。イレーヌでありイルザでありグレンで……一体いくつ偽名があるのだ。

「って！　本当に？　本当に男なの？」

グレンは苦笑いを浮かべながら小さく頷いた。

「お前はとっくに気付いていると思っていた。監禁されているときに、こいつは姉さんが死んだと言っていただろう？」

「そうだ！　そうだったわ！　そのときおかしいと思ったのを忘れていた！」

「可哀想《かわいそう》な記憶力だな」

「うるさいわね！　ロクさん！　ロクさんは気付いていた？　イルザが男だって！」

フィーリアはロクの首根っこでも掴みそうな勢いで聞いた。

「……あ、いえ。残念ながら。団長がフェリングへいらしてからお話を伺ううちに、もしかしたらと思っておりましたが」

「クロッシアは？　クロッシアは気付いていた？」

「え？　普通気付くでしょう。女装した可哀想な男がいるなと思っていました」

「可哀想とはなんだ！　これにはちゃんとした理由があって！」

グレンがクロッシアに食ってかかるように言う。クロッシアはどこ吹く風である。

「これ以上変態が増えたら嫌なので、早く暗殺されればいいのにと思っていました」

「嘘《うそ》でしょう！　イルザが男？　……でもまあ、そうね。ヴィンセントの弟なんだものね。普通の人であるはずがないし、女装が趣味なくらい、大したことないわよね」

「趣味じゃない！　お前とお前の従者は本当にどうかしているな！」

「えぇぇ？　趣味じゃないのにこの見事な化けっぷりはどういうことなの？　どこからどう見ても女じゃない！」

「……仕方ないだろ。姉さんが死んだんだから……」

「おっ、お姉さんが死んだって!?　どうして？」

そういえば、嫁ぐ前に弟のグレンが死んだと聞いていた。それがグレンではなくイルザだったということだろうか。

イルザ改めグレンはその事情をぽそりぽそりと語り始めた。

国王に嫁ぎ先を決められた後、イルザはこの世を儚《はかな》んで自ら命を絶ってしまったとのことだった。当時イルザはわずか十四歳だ。そんな年で他国の見知らぬ人のところへ嫁ぐとは。貴族の令嬢としてさほど珍しいことではないにしても、心細かったのだろう。

「姉さんは国王に娘として認めて欲しかっただけなんだ。なのに国王は俺たちに一度も会うことはなく、姉さんに嫁げと命じた。結婚の前夜、見知らぬ人の許《もと》へ嫁ぐなんてと酷く泣いて。ひとりにしてと言われて……そんな言葉に従わなかったら良かったと今でも後悔している。朝になってから姉さんの部屋を訪ねたら……」

実の姉が変わり果てた姿になっているのを目《ま》の当たりにしたその心情ははかりかねる。

「ヴィンセントはこのことを……本物のイルザが自ら命を絶ったことを知っていたの？」

フィーリアの問いに、ヴィンセントは無言で頷いた。

そうなると、ヴィンセントが悔やんでいた気持ちも分かる。あのとき、ちゃんとイルザとグレンと話せていたら、イルザが自ら命を絶つなんてことにはならなかったかもしれない。

「姉さんには、将来を誓い合った人がいた」

グレンはちらりとブラッドの方を見た。

ブラッドは視線を下げたままだが、イルザの相手はブラッドだったのだろうと想像がつく。

「いざとなったら、心を許した人以外との結婚を嫌になったのかもしれない。でも逆らうことはできない」

「……身分が違う。なにがあっても、結ばれることなどなかったのに」

ブラッドがぽつりと呟いた言葉は、まるで真っ白な紙に垂らされたインクのように広がっていく。それは深い後悔を滲ませていた。

「イルザが死んでしまったことは残念に思うけれど、なにもグレン……がお姉さんの代わりにならなくとも」

どこから見ても女性の姿なのに、グレンと男の名前で呼ぶことに違和感がある。

しかしグレンの方はもう女のフリをしようなんて気はないのだろう。すっかりくだけた男性の口調だ。

「この結婚は国王の命令で、相手は我が伯爵家にはもったいないほどの家柄だった。そんな中で花嫁が自ら命を絶ったから、結婚はなかったことになんて言えると思うか？　相手の伯爵家の名前に泥を塗る行為だ」

グレンは深く嘆息した。

「身代わりになるように言ったのは祖父だ。俺は当然拒否した、そんなこと上手《うま》くいくはずがないし、もし露見したら大変なことになる。でも祖父は聞き入れなかった……突然のことに混乱していたのだろう。母は泣くばかりだったし、俺がなんとかするしかなかった」

「それで身代わりに……」

「そう。死んだのは俺だってことにしたんだ、急な病でね。俺の棺《ひつぎ》に姉さんが入って、屋敷の裏に葬られた」

そして姉の代わりに嫁いだはいいが、最初から誤魔化せるわけがなかったのだ。いくら女のような見た目でも体は男なのだから。

「最初は……毒で相手が体を壊し、とても同衾《どうきん》できないような状態にできればいいと思っていた。でも毒の扱いに慣れてなかったせいか量を間違え、一年後に病死した」

やはり夫を殺したのには理由があったのだ。嫁いできた女性が本当は男性だったなんて分かったら、グレンの家は伯爵の位を剥奪《はくだつ》され、家は取り潰《つぶ》されるだろう。最初から無理な入れ替わりだったのだ。

「え……でも、それで一度目の夫を殺してしまったのは分かったけれど、男の身で二度目の結婚を？」

「祖父の命令だ。二度目の夫は俺の美貌《びぼう》に心を奪われて、なんかとして我が嫁にと金を積み上げたそうだ。祖父は欲に目が眩《くら》んだんだろう」

「そんな……それで男だってバレたらどんなことになるか想像できなかったのかしら？」

「祖父は俺が一度目の夫を殺したってことを薄々気付いていたんだ。だから二度目も同じようにしろとでも言いたげだった。俺は幻滅したよ、こんな祖父を、家を守るために俺はなにをしているんだって。でも、もう手遅れだった」

グレンは目を伏せ、何度も頭を振った。

「二度目の夫は、幸いなことに殺すのになんの躊躇《ためら》いもなかった。俺の美貌に目をつけて金の力で妻にしたというのに、結婚式が終わった後にいきなり俺を殴った。『未亡人を引き取ってやった俺に恩義を感じろ、一生俺に跪《ひざまず》き、俺に逆らうな』と。暴力で人を支配する、最低の人間だ。その家族も同様だった。あんな一族死に絶えればいい」

吐き捨てるように言い、黒々しい笑みを浮かべた。

「そこまでして俺は祖父や母を、家を守ろうとしたんだ。だが、半年前に祖父が死んだという知らせを聞いた……それから母も」

祖父と母が相次いで亡くなり、家族で住んでいた屋敷は住む者をなくした。グレンは死んだことになっているから、伯爵の称号はグレンの大叔父にあたる者へと引き継がれた。もう守るべきものはなにもなくなったと思ったのだそうだ。

「それで、二度目の夫を殺した後に皇太后様の許へ？　今更って……思うのだけれど」

「それ以外に俺には残っていなかった。姉さんの思いを叶《かな》えてやることしか……。せめて一筋でも傷をつけてやりたかった。俺たちに見向きもしなかった国王や皇太后たちに……」

グレンはふっと自嘲《じちょう》した。

「なにもかもあいつらが悪いんだ。俺たちが国王の子だって本当は分かっていたはずなのに認めようとしない……！　ヴィンセント兄さんだって、俺たちを利用するようなことをして……だから姉さんは死んだんだ。お前らが殺したも一緒さ。絶対に赦すことなんてできない！」

グレンは燃えるような瞳でヴィンセントを睨んだ。

確かにグレンの気持ちは分からないではない。

しかし、同時に国王の子供と名乗る者たちをおいそれと認めるわけにはいかないのだろうとも思ってしまう。特にこれといった後ろ盾がないグレンたちは、王族に取り入って権力を握りたい者たちに利用され、それは国内に更なる争いを生んでしまうかもしれない。

「俺が姉さんのふりをしなければならなかったのも、ふたりの夫を殺す羽目になったのも王族のせいだっ！　もう俺はおしまいだ……家も家族も失って、もう行き場所なんてどこにもない。俺は全てを失ったのに、国王も皇太后も、ヴィンセント兄さんだって、全てのものを手にして今日《きょう》も笑いながら過ごしている……そんなの赦せない」

「……って！　超迷惑なんですけど！」

グレンがしんみりと話し、周囲の騎士たちもその話に同情を寄せているという空気を打ち破るようにフィーリアは叫んだ。

グレンはきょとんとしている。

ブラッドも、周りの騎士たちも同様だ。なにを言い出すんだこの女は、という雰囲気が漂っている。

ただ、ヴィンセントだけはフィーリアを見てとても可笑《おか》しそうな顔をしていた。

「なに、その『俺不幸だし、悪いことしたの分かってるけど仕方なかったし』みたいな。結局全ての責任を人に押しつけているだけじゃない！」

フィーリアはぎらぎらと血走った瞳で足を踏みならした。

グレンはフィーリアを見つめたまま、あまりのことになにも言うことができないようだった。

フィーリアはそれをいいことに更に続ける。

「確かにお姉さんが亡くなったことは不幸だと思うし、気の毒だと思う。国王陛下の子として認められなかったのも不幸だと思う。……でも、あんな国王の子供になんて認められない方が幸せよ！　しかも兄にもれなくこの魔王が付いてくるのよ！　お祖父さんに利用されて不幸的なことを言っていたけれど、この男の一族になったら最後、一生利用されるわよっ！」

「この男とは俺のことか？」

「当たり前でしょう？　いい、グレン、私がこの男のせいでどれだけ煮え湯を飲まされたと思っているの？」

フィーリアは、ヴィンセントに関わったことで自分に起こった出来事を滔々《とうとう》と語っていった。

グレンは『なんで俺、こんなこと聞かされているんだ？』という顔をしながらも、ときどき頷いて話を聞いていた。

「……ってことで、むしろ国王陛下の子になんて認められない方が幸せ！　本物のイルザがこの場に居たら、どっしり腰を据えて言い聞かせているところよ！　それをあなた……こんな事件を起こして！　姉さんのためだなんて言うけど、結局は自分の恨みを晴らすためじゃない。そのせいでどれだけ周りに迷惑を……！」

飛びかかっていきそうな勢いのフィーリアを押しとどめるように、ヴィンセントがフィーリアの肩に手を置いた。

「まあ、落ち着け。こいつが事件を起こしてくれたおかげで皇太后の身辺を調べることができたのだ。こいつのしたことは全くの無駄ではなかった」

「……なんですって？」

なにを言い出すんだこの人は、とフィーリアは目を瞬かせた。

「ロクたちにノイヴィゼ宮殿を調べさせたんだ。俺たちが誘拐され、皇太后は脅迫されている。ノイヴィゼ宮殿へ黒十字騎士団が頻繁に出入りしてもおかしくないだろう？」

「皇太后様の身辺を調べるって……皇太后様にはなにかの疑いがあったの？」

「とある組織に関わっているという疑いだ。それが露見すると皇太后はとても困るだろうな。あのババアに言うことを聞かせるのに、良い情報だ」

ヴィンセントはなにかを企《たくら》んでいるような笑みを浮かべた。

「はあ？　まさかその時間稼ぎのために監禁されたふりをしていたわけ？」

ヴィンセントはなにも言わないが、その表情から肯定しているのだとくみ取った。

「ほらほら！　やっぱり利用されていたでしょう？　こういう人なのよ！　そして、その気になればいくらでも逃げられたのに、巻き込まれて五日も監禁された私！　気の毒だと思わない？」

グレンにぐっと迫ると、彼は圧倒されたように頷いた。

「そういうことだから、もう王族に関わるのはやめた方がいいわ！」

「でも……やっぱり姉さんのことは……」

しょんぼりと俯《うつむ》いたグレンに、ロクから手紙が渡された。不思議顔のグレンにロクが告げる。

「団長から持ってくるようにと頼まれていたものです」

「お前の姉が俺に宛てて書いた手紙だ」

「……姉さんが？」

グレンは不審顔ながら畳まれた手紙を開いて目を落とした。

「結婚が決まった直後に書かれたものだろう。……不幸なことに、それが俺の手許に届いたのはつい半年ほど前だ。もっと早くにそれが届いていれば、俺もお前の入れ替わりに気付き、なんとかしてやれたかもしれない」

「……これ……姉さんが……」

グレンは手紙に目を落としたまま、嗚咽《おえつ》を漏らし始めた。

「……もっと自分のことを書けばいいのに、俺のことばっかり……」

「その手紙の言葉を信じるならば、お前の姉は誰も憎んではいなかった。自殺も衝動的なものだったのではないか？　他国に嫁いでしまう自分はいいが、この国に残るお前のことを気にしていたようだな」

「……こんな手紙を書いて……俺のことなんて、どうでもいいのに。俺だけでも幸せに……って。もっと自分のことを……」

グレンは手紙を握り締めたまま、地面に額をつけてただ静かに泣いていた。

それを見つめていたブラッドは、やがて空を仰いだ。今は空の向こうにいる恋人に、何事か話しかけているように見えた。


「俺が双子の入れ替わりに気付いたのは初夏にアルバンへ行ったときだ。そう話しただろう？」

「えぇぇ？　そんなこと言われたかしら……」

「それに、あいつを妹と言っていいか迷う、と言っただろう？　なぜならあいつは弟だから」

「確かに聞いた覚えがあるわ。でもそれは、国王陛下の子供と認められていないから弟妹と言っていいか迷うという意味に聞こえるでしょう？」

「ああ……そうか。そういう取り方もあるな」

ヴィンセントは平易な声で言うが、絶対そう取られると思ってそのような言い方をしたに決まっている。

ふたりはフェリングへ向かう馬車の中に居た。平坦な道で、夕食の時間までにはたどり着くだろうとのことだった。監禁されていた屋敷は思っていた通り、さほど遠く離れた場所ではなかった。

グレンとブラッドは別の馬車で運ばれている。一時フェリングに勾留《こうりゅう》され、それからすぐに王都へ送られ裁判を受けるのだという。

「アルバンから帰った後、山積みになっている書類の中にイルザからの手紙を見つけ、グレンたちのことを調べさせた。姉の代わりに弟が嫁いでいるなど、信じられない事態だからな」

「弟妹のことなんだから、もっと気にしてあげれば良かったのに！」

「だから、悪かったと思っているとあいつにも言っただろう！」

少し強い口調になったヴィンセントは、もうこれ以上は責められたくないとでも思っているのだろうか。確かに、大人しく毒を飲み監禁されたヴィンセントは、グレンに負い目を感じているようではあったけれど。

「あの手紙にはなんて書いてあったの？」

「そうだな。『私はお父様に自分の子として認められず、また、利用価値がなくなったとばかりに嫁に行くよう命じた祖父にも失望しました。全て諦めて、新たな地でやり直そうと思います。他国に嫁ぐことになったのもなにかのお導きでしょう。私を認めてくれなかった父も王家の人たちも憎んでいません。気掛かりはグレンのことだけです。グレンは父がいないという負い目を背負いながら、ゆくゆくはこの伯爵家を継いでいかなければなりません。どうか彼のことをよろしくお願いします』と、短く言えばそんなことだ」

「本物のイルザは全てを受け入れていたのね」

「ああ。まあしかし、自ら命を絶ったことに間違いはなく、その原因は国王が決めた結婚だ。結局、俺はイルザになにもできなかった」

ヴィンセントは物憂げに瞳を伏せた。一時は自分の屋敷に逗留させていた妹が亡くなったこと……それが衝動的なものであったとしても、なんとかできなかったのかと強く後悔しているような気がした。

「……なんていうか、ヴィンセントの姉弟はもっと話し合えって感じね」

「お前……俺のところはお前の家族みたいに脳天気ではないからな。思っていても口に出せないこともあるんだ」

「えぇぇ？　どうして？　思ったことは口に出さないと伝わらないじゃない！」

「……お前みたいな奴ばかりだったら、この世はもっと平和なのにな」

誉められているのか貶《けな》されているのかよく分からない。憤慨したいところだったが、やめておいた。

（……って、私だって思ったことの全てをヴィンセントに言えるわけじゃないし。でも、ヴィンセントにはもうちょっと自分の思っていることを素直に言って欲しいと思うけど！　グレンのことも、あらかじめ私に話しておいてくれても良かったのに！）

ヴィンセントがフィーリアに心配をかけたくないという気持ちは分かるのだが。

（こっちは少しは心配したいのにな）

頬を膨らませつつ、窓の外へと目をやった。

このところ、朝の気温がぐっと下がったせいか葉が深く色づいている。ヴィンセントと婚約してからしばらく経《た》つのに、ヴィンセントとの仲が深まったようには全く思えない。このまま儀式として形だけの結婚式を挙げて夫婦になるのかなと考えてしまう。

ヴィンセントは、殺しても死なないような人でなんの心配もいらないかもしれないが、夫婦とは助け合っていくものではないのか。フィーリアはヴィンセントに助けられたことはあるが、ヴィンセントを助けたことなどないし、これからもないような気がする。

「……俺がお前にどれだけ助けられているか、お前は知らないんだろうな」

「急になに!?　悪魔には人の心を読む力もあるの？」

「自分の婚約者を悪魔呼ばわりすることについては横に置いておくとして、お前、今そんなことを考えていたのか？」

「え？　違うわよ。お腹空《なか》いたなあとか考えていたのよ。監禁中はあまりいいもの食べられなかったし！　かぼちゃプティングが食べたいなって」

「別に変に誤魔化す必要はない。確かにお前は非力だし優れた交渉能力があるわけでもない」

「なにかを言うときに私の欠点を挙げ連ねるのはやめられないのかしら？」

「グレンのことは礼を言う」

「え？」

「お前がいなかったらもっとこじれていただろう。イルザの気持ちを上手く伝えられなかったかもしれない」

なぜ今日に限ってそんなに素直なのか。もしかして自分は疲れて馬車の中で寝入っていて、夢を見ているのではと思ったほどだ。

フィーリアはヴィンセントの瞳を見つめた。

その黒い瞳が怖いくらいに真剣なものだったので、照れて逸らしたくなったのだが逸らせずに耳の先まで真っ赤になった。心音が速くなる。吐く息が熱い。

「皇太后や国王がお前を嫁に相応《ふさわ》しくないと言っても、そんなことは関係ない。俺にはお前が必要だ。お前じゃないと駄目だ」

ふっと肩をすくうように抱かれて、深く口づけられた。

心に熱く火が灯り、馬車がいつまでもフェリングへ着かなければいいのにと願った。

第七章　私、遂にそのときです！

「全く、ろくでもない娘だったわ。まさか私を脅迫するなどと」

皇太后《こうたいごう》は忌々《いまいま》しくため息を吐き出した。

イルザたちが逮捕されてから三日が経《た》っていた。ふたりは既に王都へ送られ、フェリングにはいない。

ここはノイヴィゼ宮殿内の小広間だった。皇太后はイルザに盛られた毒の影響で寝たきりの生活が続いたが、このところやっと起きて庭を散歩できるまでに回復したそうだ。フィーリアとヴィンセントは明日《あす》にはここを発《た》つことになっていて、最後の挨拶《あいさつ》にと目通りを申し出た。

三人はひとつのテーブルを囲んで話していた。窓から差し込んできた午後の日差しが、部屋を緩く照らしていた。

「まあでも、あなたの働きによって捕らえられたというから、いいとしましょう」

皇太后は紅茶のカップに口をつけた。リリンだ。イルザのおかげで故郷の茶葉が少しなりとも流通していることが分かり、さっそく侍従に命じて手に入れたそうだ。あの娘が役に立ったことと言えば、この紅茶のことだけねと笑った。

「俺《おれ》はあなたに見捨てられたと思いましたがね。こうして挨拶に来ても、会っていただけないのかと思っておりました」

ヴィンセントは明らかな嫌みを込めて言う。皇太后がイルザに宛てた手紙のことを当てつけているのだろう。

「なにを言っているの。かわいい孫を見捨てる祖母なんていないわ。あれは、あの娘の要求に乗って事態を最悪に向かわせるのを避けるためと、あなたを信用して自力でなんとかすると思ったからよ」

「まあ、あなたはあなたなりに、俺たちを救い出そうと動いたようだがな」

「……なんのことだかよく分からないわね」

「あまり表立っては言えない組織との関わりのことだ」

皇太后の顔色が明らかに変わった。それほど肝を冷やさせる言葉だったのだろう。手にしていたカップをソーサーに戻す。その手はわずかに震えているようだった。

「なんの証拠があってそんなこと……」

余程知られてはいけないことなのだろう。かつて氷点下の王妃などと揶揄《やゆ》されていた人が、こんなに動揺することがあるとは思っていなかった。

「俺の部下が偶然見つけたものだ。血でサインを書くとは、時代遅れだな」

ヴィンセントは懐から出した紙を広げて皇太后へ突きつける。皇太后はそれを奪おうと手を伸ばしたが、ヴィンセントは素早く紙を畳んで懐に戻した。

「他国から嫁いできた女の身で、あれほど家臣たちを上手《うま》く使えるとは疑問だった。やはりよからぬ組織の手を借りたようだな」

「なんのことだか、よく分かりません」

「証拠を出されてもとぼける気か。まあいい」

ヴィンセントはふうっと息を吐いた。

「なにもこれであなたをどうかしようなんてつもりは、今のところない」

「では、なんのためにそんなものを出したのかしら？」

「俺とこの娘の結婚を認めろ」

「……なんですって？」

腹の底から絞り出したような、低く迫力のある声だった。

「俺はどうでもいいのだが、こいつがこだわるからな」

ヴィンセントは親指を突き立ててフィーリアへと向けた。

「それから、俺のやることに口を挟んだら、いくらでもこれを公開する用意がある。……実の子すら知らないことなのではないか？　あなたに似てお堅いあの国王がこのことを知ったらどうなるか、見てみたいな」

ヴィンセントは不遜《ふそん》な微笑《ほほえ》みを浮かべて立ち上がり、フィーリアにもう行くと告げた。

フィーリアがそろそろと立ち上がり、皇太后にお別れの挨拶をしようとしていると。

「待ちなさい！」

とても病み上がりだとは思えないような鋭い声が上がった。

ヴィンセントはゆっくりと皇太后を振り返った。皇太后は今にも襲いかかってくるヘビのような鋭い視線を向けている。

「いいでしょう、あなたたちの結婚は認めてあげます」

「えっ？　本当ですか、皇太后様」

明るい声を諫《いさ》めるように、皇太后はフィーリアを睨《にら》んだ。

「それは、なにも脅されたからではありません。孫が祖母を脅すなんて、あってはならないことですから。この娘に見どころがあると思ったからです。私から与えた無理難題をひとつもこなせずに泣いて逃げ出すと思っていましたが、この娘は果敢に食らいついてきました。普通の娘ではできないことです。それは、他《ほか》の娘にはない優れた力だと評価してもいいでしょう」

「皇太后様……」

とうとうこれであの皇太后に認められたのだ、といっていいのだろうか。少々やり方が乱暴な気がするが。

「少しだけですが、あなたがこの娘を選んだ理由が分かりました。この娘の貴族でありながら庶民的な感覚はいずれあなたを助けるかもしれませんね。それに、誰《だれ》に似たのか親しい者にさえ冷たい言葉を投げかけるあなたが、なにを言ってもこの娘はめげないのでしょう。それを脳天気だと言う人もいるでしょうが、私は肝が据わっていると思います。そうね、こんな娘はなかなかいません。私の近くに置いてもいいと思いました」

あの皇太后にここまで誉められるなんて、だんだん居心地が悪くなってきた。

「しかし、私を脅したイルザとかいう娘だけは赦《ゆる》せません。あなたは実の妹だと思って、あの娘をかばおうとしているようですが」

「そのようなつもりはない」

ヴィンセントはきっぱりと言い切った。

「……私の信奉者はまだ王都にたくさんいるの。あなたがあなたの権限で減刑を求めても、決してそれを認めさせたりしないわ」

「好きにするがいい。俺はただ、公平な裁判を受けさせてやろうとしているだけだ。後のことは知らぬ」

ヴィンセントはそう言い残して小広間から出て行った。フィーリアはその背中を見つめてから、今度こそ皇太后に別れの挨拶をして、ヴィンセントの後に続いた。

皇太后の言葉には、深い恨みが込められているようだ。毒殺されそうになったのだから当然だろう。イルザ……グレンにはなんとか助かって欲しいが、それは無理なのだろうか。

フィーリアは視線を下げながらヴィンセントに続いて回廊を歩いていた。あれこれ考え事をしていて前をよく見ていなかった。気付けばヴィンセントの背中が鼻先に迫っていて、慌てて歩みを止めた。

「急に止まらないでよ。危うくぶつかるところだったじゃない」

ぶつかったらただでさえ低い鼻が更に低くなるではないか。

「……ロクに弁明を聞いた」

「え？　弁明ですって？」

なんのことかと悩んでいると、ヴィンセントは勝手に話し始めた。

「俺があいつらと一緒に屋敷ごと心中すると考えていたそうだな。そんなこと、あるはずがないだろう」

「ああ！　あの話ね！　私がロクさんと結婚するって！」

フィーリアはぽんっと手を叩《たた》いた。そして、まだ根に持っていたのかと呆《あき》れもする。

「大丈夫よ。あの後ロクさんに謝ったら、そんな気は少しもないので二度とそんなことは言わないでくださいって、丁寧にお断りをされたから」

「……それはそれで腹立たしいことを、少しは気付け」

よく意味が分からない。フィーリアがぼんやりと立っていると、ヴィンセントは振り向き、そしてフィーリアの手を取った。

「お前より大切なものはこの世にない。それを肝に銘じておけ」

突然の言葉にフィーリアが反応できず、目をぱちくりとさせていると、ヴィンセントはフィーリアの手を引き、早足で歩き始めた。フィーリアはちょっと照れて俯《うつむ》いてから、視線だけを動かしてヴィンセントの横顔を見つめた。そして、それをちゃんとこちらの目を見て言ってくれないかなと思っていた。

(まあいいか。ちゃんと言ってくれたし)

フィーリアはヴィンセントと繋《つな》いだ手に力を込めた。

それに、これは王都で再会したときと比べて大進歩だと思えた。あのときはこんな言葉、決して言ってくれないだろうと考えていた。ヴィンセントの重すぎるほどの好意はひしひしと感じていたわけだが、やはり言葉に出してもらうとその価値、輝きが違う。気を抜くとにやけてしまいそうなのでわざと表情を引き締めた。

「……なんだ、不機嫌そうな顔だな。なにが不満だ?」

「えっ? 不満なんてないわよ。むしろ、今の台詞《せりふ》をもう一度言って欲しいくらい!」

「血でサインを書くとは時代遅れ……」

「あー……はいはい。もういいです」

本当に素直じゃないんだから、といつものごとく思ってしまう。

「あと……皇太后様はあんなこと言っていたけれど、グレンのことは……」

「難しい、としか言えない。皇太后を毒殺しようとし、俺たちを誘拐して皇太后を脅した。そしてそれを自ら新聞にまで載せた。その罪から逃れることはできないだろうな」

「そう……」

そのことを考えると、胸が塞《ふさ》がるような思いになった。


【イルザ】が王宮裁判にかけられ、処刑されたと聞いたのはそれから半月ほどしてからだった。


「僕は今度という今度はヴィンセントを赦せないよ！　ヴィンセントとフィーリアを誘拐してお祖母様を脅迫した件は仕方ないとしても、ふたりの夫を殺したとの容疑までほじくり返してきて、イルザを裁判にかけるなんて！」

アーベルは酷《ひど》く興奮した様子でテーブルを叩いた。

彼にもこんなふうに憤慨することがあるのだと驚く。女癖はともかくとして、兄であるテューリに似て穏やかな性格だと思っていたから。

ここはヴィンセントの屋敷にあるフィーリアの部屋だった。フェリングから王都へ戻ってきて、しばらく花嫁修業は中断していた。いろんなことがありすぎて疲れたというのもあるし、王宮内でもいろいろと騒がれていたからだった。

アーベルはわざわざヴィンセントの屋敷にやって来て、主人のいない屋敷で主人の悪口を言っていた。たぶん、扉の向こうでは執事が聞き耳を立てているに決まっている。変なことを報告しないといいけど、と願うより他にない。

アーベルはイルザの裁判を気にして王都へ戻って来て、ずっと裁判を傍聴していたそうだ。麗しき兄妹愛《きょうだいあい》……と言えなくもない。本当は弟なのだが、アーベルはそれを知らない。

法廷に立った【イルザ】は全《すべ》ての罪を認めて、どんな刑でも受け入れると覚悟を語った。その姿は潔く、凛《りん》としていて美しかったと聞く。

最後まで国王はイルザたちを我が子だとは認めず、イルザは国王の子だと偽った者として糾弾された。

法廷が出した判決は死罪、だった。

国王の意向により、処刑は直ちに、そして秘密裏に行われたらしい。

「父様も酷いと思うけど……でも一番酷いのはヴィンセントだよ！　どうしてそこまでしてイルザの罪を追及する必要があったのか！」

アーベルの興奮は収まりそうもない。屋敷中に響き渡るほどの大声だ。

「私も……イルザのことは残念だったと思うわ。どうにかならないかってヴィンセントに何度も頼んでみたけれど、自分の妹だからと大目に見るわけにはいかないって。それに……イルザは夫殺しの罪を認めたわけだし。兄として、責任を取らせたい気持ちもあったと思うの」

「そりゃ、これ以上罪を重ねさせたくない、って気持ちは分からなくもない……いいや！　やっぱりヴィンセントはおかしい。なんであんな若く美しい娘が死ななくてはならないんだ！」

アーベルはテーブルに突っ伏して、おいおいと泣き始めてしまった。

フィーリアも気持ちは分かる。一時とはいえ、イルザのことを本当の友達だと思っていたのだ。その不幸な身の上も知っている。

フィーリアはアーベルの肩に手を置いた。

「私たちだけでも、ときどき本当のイルザのことを思ってイルザを偲《しの》びましょう。世間ではイルザのことを面白ろ可笑《おか》しく言っているけれど、そんな娘じゃなかったって、私たちだけは知っているでしょう？」

「フィ、フィーリア……」

アーベルは顔を上げた。目が涙でぐしゃぐしゃで、とてもいい年をした男だとは思えない。

「悲劇的な最期だったわ。でも、その前にイルザは頼れるお兄さんに会えて良かったと思うの。……そう思うようにしましょう。アーベル様と一緒に居るときのイルザは、とても楽しそうだったでしょう？」

「うん……。そうだね、フィーリア。そう思うようにしよう」

アーベルはフィーリアの手を取ってそっと自分の両手で包んだ。

「ああ、なんとなく、ちょっとだけ、どうしてヴィンセントがフィーリアを選んだか分かるような気がする」

「ちょっとだけ……。うん、まあ、ちょっとだけでも分かってくれたならいいかしら？　私が魅力的な女性だってことを！」

「うん、そうだね。僕の好みじゃないけど」

そんな余計なひと言はいらぬ、と殴りかかりたい気持ちだったがぐっと堪《こら》えた。

(早くアーベル様が元気になるといいな。さすがに実の妹だと思っていた娘が処刑されたなんて衝撃が大きいわよね)

また泣きじゃくりながらイルザの話を始めたアーベルに頷《うなず》きながら、果たしてイルザ扮するグレンは少しでも安らかな気持ちで逝《い》けたのかと考えていた。

「ああ、お嬢様が男を泣かせている。ちょっとはいい女になったということか」

「……って、クロッシア。来客中なんだから、用事があるならノックをしてから入って来たらどう？」

不意に現れたクロッシアに主人として注意したのに、彼はいつものごとくどこ吹く風である。

「しましたよ。気付いてもらえなかったので勝手に入って来ただけです」

フィーリアへと手紙を差し出した。

裏返して見ると、見覚えのある封蝋《ふうろう》がしてあった。少しだけ考えて、皇太后からだと分かる。

「なにかしら……？」

嫌な予感がして、その場で開けてみた。

【婚約者としての務めです。私がヴィンセントの婚約者に相応《ふさわ》しいと考えていた娘よりも、自分がヴィンセントに相応しいことを証明しなさい】

「また課題……婚約を認められてもまだ続くの？」

しかも、皇太后が婚約者に相応しいとしていた娘とは誰か。それについて触れられていない。

一体どうすればいいのか、途方に暮れるような課題だ。

「これはまた、難しそうな課題ですね」

クロッシアが手紙を覗《のぞ》き込んだ。

「もう、どうしたらいいのか想像もつかないわ」

暗殺の件はその本人が処刑されたから、撤回されたのだろう。また他の誰かを暗殺しろとか言われなかっただけマシかもしれない。

「え？　お祖母様からの課題だって？」

アーベルが顔を上げ、フィーリアの手紙を覗き込んで来た。もう涙は収まったようだ。

「ずいぶんと抽象的な課題だね」

「ええ……。アーベル様にお心当たりはあるかしら？」

「うーん……、お祖母様が認めた方とはどんな女性かは興味あるけどね」

（さっきまでイルザ、イルザって泣いていたのに……。骨の髄から女好きなのね）

少々呆れつつ、すぐにイルザを失った傷は癒《い》えそうだと思っていた。それはそれで少し寂しい気もしてしまうのだが。

「お嬢様はその課題、応じるつもりですか？」

「あ、ええ。そうね。課題をこなしてそれを認められたから、婚約者としても認められたってことにはなっているけれど、最後の課題は結局うやむやになってしまったから」

フィーリアは、ははは、と乾いた笑いを漏らしつつ手紙を元の封筒に戻した。

「確かに、どんな女性か気になりますね」

「あら、そうなの？　クロッシアが女性に興味を持つなんて珍しいわね」

「そして、その女性がどんな豪邸に住んでいるのか」

クロッシアは顎《あご》に手をやりつつ、キラリ、と瞳《ひとみ》に光を灯《とも》した。

「……あー、良かった。いつものクロッシアだわ」

「君は美しい女性よりも、その人がどんな所に住んでいるのかが気になるのか？　ずいぶんと変わっているな」

「ええっと、放っておいてください。うちの従者、ちょっとおかしいんです」

アーベルにそんなことを言わなくてはならない我が身を呪《のろ》いたくなる。クロッシアがフィーリアに仕えている限りそう言って回らないといけないのかと考えると、頭が痛い。

「どうしました、お嬢様？　従者として優秀すぎる俺の給金を値上げしようと考えていますか？　大歓迎です」

「そんなはずあるわけないわよ！　あなたを解雇するべきかどうか悩んでいたの！」

「またまた、そんなつまらない冗談を言って。周囲を和ませる会話術は淑女として必要ですが、つまらない冗談は人を疲れさせますよ？」

「あなたと付き合っている方が疲れるわよっ」

フィーリアは思いっきり叫び、ぜいぜいと息を切らせた。

そして、ぽかんとその様子を見つめているアーベルの視線に気が付き、慌てて姿勢を正した。

「あー……、そうか。フィーリアの忍耐強さって、この従者に鍛えられているんだね」

「はい？　それって、一体どういう……」

「日々この従者とやり合っているから、悪意のある発言でもそれほど気にならなくなったんだろう？　だからヴィンセントにも付き合っていけるんだね」

なんだか合っているような間違っているような……。しかも誉められているのだかなんだかよく分からない。

「この従者に感謝しないといけないね。だって、そのおかげでフィーリアはこの国の第三王子と婚約することができたんだから」

「は！　アーベル様、さすがお目が高い。こんな短時間で俺の有能さを見抜くとは！」

「うーん……それとはちょっと違うんだけどなあ。まあ、怪我《けが》の功名？　先ほど彼を解雇するだとか言っていたようだけれど、僕は彼を手放してはいけないと思うな。ちょっと変わっているけれど、フィーリアはそれにも増して変わっているわけで」

「ええっと、そのぅ……。つまり、私とクロッシアはお似合いの主人と従者というわけですか？」

「うん、そう！　フィーリアの従者として務められる人なんて滅多にいないと思うからさ！」

アーベルは朗らかに言うが、それはフィーリアが主人として問題ありということだろう。

（えっ、そうだったの？　今までそんなこと考えもしなかったけれど……。でも、自分では気付いていなかったけれど確かに……って、いやいや！　そんなことないわよっ）

得意げな顔をしているクロッシアを蹴《け》り飛ばしたくなりながら、でも、自分は主人として優れているのだと言い切ることもできずに曖昧《あいまい》に微笑んでおいた。

屋敷に来たときよりもかなり元気になったアーベルを屋敷の玄関口まで送ったとき、このところ屋敷に常駐するようになった黒十字騎士団の見張り役の中にどこかで見たような顔を見つけた。自分は幻でも見ているのかと瞬《まばた》きを繰り返してしまう。

深く制帽をかぶっていたのでよくよく見ないとその顔が分からないが、間違いないだろう。

「それじゃあ、フィーリア。……また来てもいいかな？」

別れの挨拶をするアーベルを前に、フィーリアは気もそぞろだった。

「あっ、ああ、ええ。もちろん。いつでも」

「いつでもは嫌だな。ヴィンセントがいない隙《すき》にするよ」

「え、ええ。そうね」

アーベルは気付いていないのだろうか。いや、気付かれても困るのだけれどと思いながら、目を泳がせていた。

「それじゃあ、また」

アーベルはフィーリアに背を向け、お付きの者たちと共に馬車に乗っていってしまった。

フィーリアは馬車を見送ってから、自分の配置場所に戻ろうとするその騎士の腕を掴《つか》んだ。

「まさかと思うけど……！　グレン？」

その騎士は初めきょとんとした顔をフィーリアに向けていたが、やがてニヤリと笑った。

「こんなに早く気付かれるとは思ってなかったな。意外と鋭いんだね」

「意外とって！　分かるわよ、普通。髪は切ったみたいだけれど……」

耳にもかからない短髪になっていた。イルザのときに着ていたドレスは黒十字騎士団の制服に変わっているし、話し方も歩き方も少し違うけれど、間違いなくグレンだった。

「処刑されたんじゃ、なかったのね？」

「ああ。【イルザ】は処刑されたけど、グレンとしては生き残ったんだ」

「それって……」

「ヴィンセント兄さんが……と、もう団長って呼ばないといけないんだけど、団長がそうしてくれたんだ。俺もまさか、処刑の当日に逃走の手助けをしてくれるとは思わなかった。で、その後にちゃんとグレンとして軍法会議にかかったんだ」

「え？　軍法会議ですって？　どうして？」

「俺は軍に入ることが決まっていたのに、死んだと偽って逃げていたからさ。それで一番厳しい軍隊に所属させるってことになって。それで黒十字騎士団に」

初めからヴィンセントはそのつもりだったのだろうか。

（もうっ！　私には話してくれてもいいのに！　絶対に秘密を漏らしたりしないし）

やはり信用されていないのかと落ち込んでしまう。

「あっ、ああ……もしかして兄さんになにも聞いてないとか思ってる？　敵を騙《だま》すにはまず味方からって言うし。それにアーベル兄さんがこうやって訪ねて来たとき、俺が生きているって知っていたら気まずい対応になるだろ？」

「それはそうかもね」

あまり深く考え込まないことにした。ヴィンセントの近くにいるためには、彼がなにをしてもあまり真面目《まじめ》に捉《とら》えないことだ。疲れるだけだから。

「……それにしても、話し方が全然違うわね。まるで別の人と話しているみたい」

「そりゃそうだよ。ブラッドの奴《やつ》と話すときにも、絶対に女言葉を崩さないようにしていたし。いつ、誰に聞かれるか分からなかったからね。男と分からないように声も微妙に変えていたし、そのせいで話し方もゆっくりだったから、それがむしろ奥ゆかしいなんて言われたな」

「私よりもずっと美人だったのに、もったいなかったわね」

フィーリアは茶化すように言った。

今の軍服姿は若い娘にモテそうだが、やはりドレスを着てイルザを演じていた頃《ころ》の輝きは薄れている。イルザならば、その気になれば他国の国王でもたらしこめたかもしれない。

「は……？　なに言ってるのさ？　フィーリアの方がずっとかわいいじゃないか」

「え……」

言葉に詰まってしまった。

聞き慣れない言葉を耳にした気がして、それを何度も反芻《はんすう》する。ついぞ、男性の口からは出たことがない言葉だ。

「ま、またまた、冗談を」

「冗談じゃないって。イルザとして会ったときからずっと言ってるだろ？　フィーリアはかわいいって」

「あ、ああ。女の子なら誰でもかわいいっていう……」

「俺は本当にかわいい子にしか、かわいいって言わない。女のふりをしているときだってそうだったさ。……あー、兄さんの婚約者なんだよね、それが余計に腹立たしかったんだ。姉さんを見知らぬ男のところへ嫁がせておいて、自分はこんなにかわいい婚約者を手に入れてって」

「え、えぇぇぇぇ?」

真顔でなにを言い出すのかと問い詰めたい気持ちだ。イルザの姿のときには同性であると思っていたし、かわいいと言われても社交辞令だろうなとさっさと流すことができた。それが、どこからどう見ても男の格好で言われても困る。

「屋敷に監禁したときはごめんね、酷いことをして。あのときは本当にどうかしていたんだと思う。姉さんの恨みを晴らすためって、周りが見えなくなっていた」

「ううん、もういいわ。忘れることにする」

「じゃあ、仲直りってことで」

グレンは十七というその年齢に相応しい、明るい笑顔をフィーリアに向けつつ手を差し出してきた。フィーリアも笑顔となり、その手を取って固く握手をしたのだが。

「あ、しまった。確か触れたら殺されるんだった」

グレンは慌てて手をほどいて、照れたように笑った。なんでそこでそんな表情が出てくるのか、フィーリアには理解が追いつかない。

「ところで、皇太后様からまた課題が届いたそうだね」

「ええ……、そうなのよ。終わったと思っていたんだけれど」

「面倒くさいよな、王族に嫁ぐのって」

「あー……ええ、そうね。でも、自分で決めたことだし、やれることはやろうかなって」

「……兄さんのこと嫌になったら、いつでも俺のところに来いよな」

「は？」

グレンの言葉が唐突すぎて、なにを言われているのかよく理解できない。

いつでも俺のところに来いと言われた。

それは求婚ということなのだろうか？

「贅沢《ぜいたく》な暮らしはさせてやれないかもしれないけど、一生食べるに困らない生活をさせられるくらいの甲斐性《かいしょう》ならあるつもりだから」

じゃ、と軽く手を上げて、グレンは行ってしまった。

その背中を見つめつつ、今言われた言葉を反芻していたら、みるみる顔が熱くなっていった。

（え……モ、モテた……。私がモテた……。生まれて初めてモテた）

そんな日が来たら拳《こぶし》を振り上げて走り回りたいような気持ちになるんだろうなと想像していたが、そうではなかった。ただただ動揺し、これが夢ではないかと呆然《ぼうぜん》と立ち尽くすしかできない。

「……やはり、グレン坊ちゃんはあなたのことが気に入っていたようだ」

振り返ると、そこにはヴィンセントを凌《しの》ぐ大男が立っていた。静かな瞳でじっとフィーリアを見下ろしている。

「あー、びっくりした。ブラッド？　あなたも黒十字騎士団に？」

ブラッドは静かに頷いた。ブラッドのこともずっと気になっていたのだ。こうして再会できて本当に良かった。

「グレン坊ちゃんはああ見えてしつこい。ああ、情熱的だと言った方がいいか？　イルザお嬢様のことが解決した今、その情熱はあなたに向かうかもしれない」

「じょ、情熱って……？」

「気をつけた方がいい」

その言葉とは裏腹に、ブラッドはとても嬉《うれ》しそうな顔をして、その場から去った。あの人もあんな表情をすることがあるのだと、珍しいものを見てお得な気持ちになっている場合ではない。

（いや、いやいや！　違う、違うって！　だってグレンはヴィンセントの弟であるわけだし
……兄と趣味が似ている……？　いやいや！　違う違う！）

こうやってフィーリアを動揺させるのは兄譲りなのだろうか。

（というか、せっかくヴィンセントの嫁になるぞって腹を決めた途端にこんな……モテ始める

なんて。だからって私の気持ちは揺るがないけど……って、なんだかヴィンセントを喜ばせてしまいそうで悔しい。このことは黙っていよう！）

うんうん、とひとり頷きながらも、初めて異性から向けられた告白めいた言葉を反芻してしまう。

それにしてもつくづく面倒くさい一族だな、とヴィンセントはもちろん、皇太后のこともアーベルのことも含めてそう考え、深く嘆息した。

あとがき

はじめましての方もまたお会いできた方もこんにちは。伊月です。

壊滅騎士団四巻をお届けすることができました。まさか四巻まで続くとは思ってもいませんでした。フィーリアも、王都へはお姉さんを捜しに来ただけのはずなのに、まさか再会する前は『あいつにだけは絶対に会いたくない』と望む意地悪な幼馴染みと婚約することになるとは思わなかったでしょうね。そう思うとフィーリアの人生って激動ですね。そんな彼女の物語をもっと書きたいなあと思うので、引き続きご支援よろしくお願いします。


さて、毎回あとがきはなにを書こうか迷うのですが。

自転車がパンクした話は折り返しのプロフィールの所に書いたのですが、その後の話をします。

パンク直すのにいくらかかるんだろうと思って、どきどきしながら近所にある自転車屋さんに行きました。そこで対応してくれた親切なお兄さんがタイヤの様子を確かめながら、

「これ最後に空気入れたのいつですか？　……え？　一年前に買ってから一度も入れてない？　駄目ですよ、タイヤは丈夫な風船みたいなものなんで、放っておけばどんどん空気は抜けます。最低でも一ヶ月に一度は空気を入れないといけません」

お店にある空気入れであっという間に空気を入れて、

「これで家まで帰っている途中で空気が抜けたら本当にパンクなので、また持ってきてください」

空気抜けなかったよ。

すいすい走るよ。さっきまでのタイヤが引っかかる感じが嘘みたいだよ。風になる、私、風になれるよ、捕まえてごらん、あははは。

空気を入れただけだったので、お金はかかりませんでした。ありがとう、お兄さん。ごめんなさい、ただタイヤに空気を入れるために来た、お金を落とさない客で。パンクと勘違い……初心者にありがちなミステイク……だったと信じたい。

っていうか、自転車乗っているなら自宅に空気入れくらい持てよ自分、と思いました。でも、小学生の時に自転車乗ってたときはそんなに空気が抜けなかった記憶があるんだけどな。親が気付かないうちに入れておいていたのかな。そうかもしれない。

親切な人に支えられて生きています。

私も人には親切にしようと思いました。

ここからは謝辞になります。

イラストを担当してくださっているＣｉｅｌ様。今回の表紙をいただいたときに、うわ、神絵来たと思いました。いいんですかね、こんなラブコメなのに神絵いいんですかね。なんなら、この神絵のためにもっと真面目なラブファンタジー書きたいんですけど、と本気で思いました。ありがとうございます。

担当様。いつも鋭いツッコミをいただきありがとうございます。引き続きよろしくお願いいたします。

また、この本の発売にあたりお力添えいただいた編集部の方々、校正の方、全ての方に深く感謝申し上げます。

この本を手にとってくださった読者様には特別な感謝を。

またお会いできると大変嬉しく思います。

伊月　十和

◆ブログやっています。小話など載せていますので、ぜひお越しください。

伊月十和ＢＬＯＧ　http://towanovel.blog.fc2.com/

IRIS ICHIJINSHA

壊滅騎士団《かいめつきしだん》と捕《と》らわれの乙女《おとめ》4

2015年3月1日　初版発行

著　者■伊月十和
発行者■杉野庸介
発行所■株式会社一迅社
〒160-0022
東京都新宿区新宿2-5-10
成信ビル8F
電話03-5312-7432（編集）
電話03-5312-6150（販売）

印刷所・製本■大日本印刷株式会社
ＤＴＰ■株式会社三協美術

装　幀■AFTERGLOW

ISBN978-4-7580-4679-4

この本を読んでのご意見
ご感想などをお寄せください。

おたよりの宛て先

〒160-0022
東京都新宿区新宿2-5-10
成信ビル8F
株式会社一迅社　ノベル編集部
伊月十和《いつきとわ》先生・Ciel《シエル》先生

一迅社文庫アイリス IRIS

第4回 New-Generation アイリス少女小説大賞

作品募集のお知らせ

一迅社文庫アイリスは、10代中心の少女に向けたエンターテイメント作品を募集します。
ファンタジー、時代風小説、ミステリー、SF、百合など、
皆様からの新しい感性と意欲に溢れた作品をお待ちしています!

応　募　要　項

応募資格 年齢・性別・プロアマ不問。作品は未発表のものに限ります。

表彰・賞金
- 金賞 賞金100万円+受賞作刊行
- 銀賞 賞金20万円+受賞作刊行
- 銅賞 賞金5万円+担当編集付き

選考 プロの作家と一迅社文庫編集部が作品を審査します。

応募規定
- A4用紙タテ組の42字×34行の書式で、70枚以上115枚以内
（400字詰原稿用紙換算で、250枚以上400枚以内)。
- 応募の際には原稿用紙のほか、必ず ①作品タイトル ②作品ジャンル(ファンタジー、百合など) ③作品テーマ ④郵便番号・住所 ⑤氏名 ⑥ペンネーム ⑦電話番号 ⑧年齢 ⑨職業(学年) ⑩作歴(投稿歴・受賞歴) ⑪メールアドレス(所持している方に限り) ⑫あらすじ(800文字程度) を明記した別紙を同封してください。

※あらすじは、登場人物や作品の内容がネタバレも含めて最後までわかるように書いてください。
※作品タイトル、氏名、ペンネームには、必ずふりがなを付けてください。

権利他 金賞・銀賞作品は一迅社より刊行します。
その作品の出版権・上映権・上演権・映像権などの諸権利はすべて一迅社に帰属し、出版に際しては当社規定の印税、または原稿使用料をお支払いします。

第4回 New-Generationアイリス少女小説大賞締め切り

2015年8月31日(当日消印有効)

原稿送付宛先 〒160-0022 東京都新宿区新宿2-5-10 成信ビル8F
株式会社一迅社　ノベル編集部「第4回New-Generationアイリス少女小説大賞」係

※応募原稿は返却致しません。必要な方は、コピーを取ってからご応募ください。※他社との二重応募は不可とします。
※選考に関するお問い合わせ・ご質問には一切応じかねます。　※受賞作品については、小社発行物・媒体にて発表致します。
※応募の際に頂いた名前や住所などの個人情報は、この募集に関する用途以外では使用致しません。

◆ 本大賞について、詳細などは随時小社サイトや文庫新刊にて告知していきます。◆